Hanna Krall
Da ist kein Fluss mehr

Aus dem Polnischen
von Roswitha Matwin-Buschmann

Verlag Neue Kritik

Die polnische Originalausgabe erschien 1998 unter dem Titel »Tam juz nie ma zadnej rzeki« im Verlag »A5«. Für dieses Buch erhielt Hanna Krall im Januar 1999 den »Großen Preis der Kulturstiftung«.
Die Übersetzung des Werkes wurde von der Europäischen Kommission gefördert.

Die Deutsche Bibliothek - CIP-Einheitsaufnahme

Krall, Hanna:
Da ist kein Fluss mehr / Hanna Krall. Aus dem Poln. von Roswitha Matwin-Buschmann. - Frankfurt/Main : Verl. Neue Kritik, 1999
Einheitssacht.: Tam juz nie ma zadnej rzeki <dt.>
ISBN 3-8015-0331-3

Zweite Auflage 1999

Umschlag unter Verwendung eines Photos von Tomasz Tomaszewski
Druck Druckerei Optima Ljubljana Slowenien
ISBN 3-8015-0331-3

Inhalt

Liebe

1.

»Erzählen Sie mir was«, bat ich.

(Jede Lesung beende ich so: »Erzählen Sie mir eine Geschichte. Eine wahre... wichtige... eine fremde oder was über sich selbst...«)

Ich schaltete das Mikrofon aus.

Stille trat ein.

Die Leute überlegten, ob sie eine wichtige Geschichte kannten. Und ob sie sie mir anvertrauen sollten.

Meist kommen sie dann nach vorn, verlegen, mit unbeholfenen Worten.

Die Frau, die in Göteborg zu mir kam, hatte kurzsichtige graue Augen und wohlgesetzte Worte.

»Alicja, das polnische Dienstmädchen, liebte Meir, meinen Onkel. Sie rettete ihm das Leben. Starb vor Sehnsucht nach ihm. Mein Onkel sah aus wie Rodolfo Valentino.«

Sie überreichte mir ihre Visitenkarte: Helen Zonenshein, Professor für Philosophie. Sie lächelte zurückhaltend, skandinavisch.

»Mein Leben lang trage ich Alicja, das polnische Dienstmädchen, mit mir herum.«

2.

Rodolfo Valentino...?

Auf den Fotos wirkte er eher wie eine Allerweltsschönheit.

»Die Augen«, half die Professorin nach. »Sie sind doch mandelförmig. Und die Gebärden... die schlanke Gestalt... Sie haben den Onkel ja gleich erkannt.«

Schwer, ihn nicht zu erkennen.

Er verbeugte sich. Fiel auf die Knie. Setzte die Füße wie ein Tänzer. Und das betörende Lächeln allenthalben, diese Lançaden, wechselnden Kostüme...

Anstrengend? Ach was, anstrengend! Man war hingerissen. Man liebte ihn. Die ganze Welt vergötterte Onkel Meir – ausgenommen vielleicht die Männer, die mit ihm Geschäfte machten. Darin war er wie in den Salons. Ein Charmeur, der niemals Wort hielt und sich an Versprechen nicht erinnerte.

»Meir«, flehten die Brüder, »du mußt ernsthafter werden.«

Sie waren ernsthafte Leute, die Brüder Zonenszajn. Die Söhne eines Radomer Rabbiners, dem vorgeschwebt hatte, den polnischen Chassidismus mit Immanuel Kant zu vermählen. *Modernity and tradition* hatte dabei herauskommen sollen, aber Radom verstand nichts von *modernity*. Radom verzichtete auf die Dienste des Rabbiners, und die Familie zog nach Warschau. Sie trieben jetzt Handel – en gros und en détail: Mehl, Reis, Grütze, Heringe. »Dynamische Heringseinfuhr von skandinavischen Märkten«, schrieben die Zeitungen über die Firma der »Gebrüder Zonenszajn«. Also sprach Dawid, der vom Mehl, Vater von sechs Kindern:

»Meir, wann wirst du erwachsen?«

Icie, von der Grütze, Vater von vier Kindern, sagte:

»Meir, wann wirst du...«

Und Szlomo, der vom Reis, Vater von zwei Kindern:

»Meir...«

Aron, Vater einer einzigen Tochter, der jüngsten in der Familie, der künftigen Philosophieprofessorin, Aron von den Heringen und den Fischkonserven sprach:

»Meir!«

Ernsthaft und erwachsen waren sie, die Brüder, aber wenn Aron, klein und etwas fade, den Salon betrat, war noch keinem froher ums Herz. Keiner wußte – ist Aron schon, oder ist er noch nicht da. Wenn Meir eintrat, hellten sich die Gesichter auf, und gleich wurde es freundlicher in der Welt.

3.

Onkel Meir heiratete eine vermögende, mollige Schneiderin mit langem hellen Haar und kurzem Hals. Sie nahmen sich eine Hausgehilfin. »Ein Mädchen«, sagte man damals. Sie kam vom Dorf. Hatte wache Augen, ein zutrauliches Lächeln und eine dicke, leicht vorstehende Oberlippe.

Alicja, das Mädchen vom Dorf, verliebte sich in Onkel Meir.

Großer Gott. Alle waren sie in ihn verliebt, aber doch nicht wirklich. Kein Mensch nahm Onkel Meir ernst. Kein Mensch – außer diesem Mädchen vom Dorf.

4.

Im Krieg erwies sich Alicja als beherzt und umsichtig. Sie besorgte falsche Papiere. Bestach die Wachen...

Durch Alicja kamen sie aus dem Ghetto – Onkel Meir, Aron, sein Bruder und ihre Familien.

Meir verließ es als letzter. Er hatte Angst. Zögerte bis zum Schluß, doch er verließ es mit Façon. Er zog Breeches an, Stiefel, eine Jacke aus einer grellkarierten Decke – und sofort zerrte ihn ein Schmalzownik in den nächsten Torbogen.

»Geld!«

Onkel Meir holte die Geldscheine aus dem einen Stiefel und gab sie dem Schmalzownik. Er holte sie aus dem anderen Stiefel und gab sie ihm. Der Schmalzownik zählte nach, steckte ein...

»Darf ich gehen?« fragte, schlotternd, Onkel Meir.

»Warte«, sagte der Schmalzownik.

Er zückte die Brieftasche, zählte und gab dem Onkel die Hälfte der Scheine:

»Da! Du mußt auch leben.«

Wenn doch die ganze Welt den Onkel liebte – warum sollte nicht auch ein Schmalzownik Liebe für ihn empfinden?

»Geh und lebe«, sagte er noch einmal und schlug Onkel Meir auf die Schulter.

Da ging Onkel Meir. Und lebte.

5.

Alicja beschaffte für alle Unterkunft auf der arischen Seite. Schleppte Lebensmittel an. Holte den Arzt. Einmal kam sie mit geschmuggeltem Fleisch vom Dorf und wurde verhaftet. Sie landete in Auschwitz. Dort traf sie Gienia, eine Cousine von Onkel Meir.

»Ich hatte ein blaues Töpfchen mit einem Drahthenkel aufgetrieben«, schrieb Gienia nach dem Krieg aus Jerusalem an die Verwandten in Oslo. »Es war schon stockfinster, vor dem Appell, da rannte ich in die Küche. Alicja nahm die Kelle und schöpfte vom Grund des Bottichs das Dicke für mich heraus...«

6.

Es kamen um:
Dawid, der vom Mehl, samt Frau und sechs Kindern;
Icie, von der Grütze, samt Frau und vier Kindern;
Szlomo, vom Reis, samt Frau und zwei Kindern.
Es überlebten dank Alicja:
Onkel Meir mit Frau und Tochter;
Aron, Meirs Bruder, mit Frau und Tochter (der künftigen Philosophieprofessorin);
Gienia, Meirs Cousine.

7.

Sie trafen sich in Lódz wieder: die geretteten Familien und Alicja.

Sie beschlossen, das Land zu verlassen.

Irgendwas mußten sie tun mit Alicja, bevor sie gingen.

Sie fanden einen Mann für sie. »Er war okay.«

Er ist auf einem Foto, im Familienalbum. Helles Haar, fliehendes Kinn, ehrlicher Blick und große, aufgestülpte Nase.

»Er war nicht häßlich. War nicht hübsch. War nicht dumm. Und war nicht klug«, erzählte Helen. »Er war okay. Er hielt, was er versprach, und ganz gewiß sah er nicht aus wie Rodolfo Valentino.«

8.

Sie sagten:

»Es ist das beste so, liebe Alicja. Du gründest eine Familie, bekommst Kinder. So Gott will, besucht ihr uns eines Tages in Norwegen...«

Alicja lauschte einsichtsvoll. Sie gründet eine Familie. Bekommt Kinder.

»Wir werden dich bis an unser Lebensende nicht vergessen, liebe Alicja...«

Sie hielten Wort. Schickten aus Oslo Geld, aus Israel Zitrusfrüchte.

»Liebste Gienia, die Dollars habe ich erhalten...«, schrieb Alicja auf der Neujahrskarte.

»Ich bestätige den Empfang...«, schrieb Alicja auf dem Vordruck der »Bank der Sparkasse, Abteilung Inlandsexport«.

»Mein Gott, warum ist das Schicksal so hart zu mir? Warum sind wir nicht zusammen? Ihr schreibt, ich soll erwachsen sein. Ich bin erwachsen, darum hab ich es so schwer... Seltsam, aber ich glaube daran, daß ich noch einmal mit euch vereint sein werde...«, schrieb Alicja.

»Ich bestätige den Empfang...«

»Die Dollars habe ich erhalten...«

»Ich habe eine unangenehme Nachricht für Sie. Meine Frau befindet sich in einer psychiatrischen Anstalt...«, schrieb Alicjas Mann nach Oslo.

9.

Zwei Themen waren in Helens Familie immer gegenwärtig: Alicja und Damenstrümpfe.

Die Strümpfe waren ein heiteres Thema. Aron hatte im Fluge erfaßt, welche Zukunft den Nylons bevorstand, Meir konnte die Inhaberinnen der Konfektionsläden für sie gewinnen. Aron erkannte rechtzeitig die Bedeutung der Strumpfhosen, Meir gewann die Inhaberinnen... Aron hatte die Vision. Meir hatte den Charme. Die Firma »Gebrüder Zonenshein« stand sich blendend.

Alicja war ein trauriges Thema.

»Wie geht es Alicja?« fragte Helens Mutter besorgt. »Hattet ihr einen Brief von ihr?«

»Nicht gut«, antwortete Meirs Frau und seufzte hörbar.

»Habt ihr Nachricht von Alicja?« fragte Onkel Meir.

»Schlechte, sehr schlechte Nachrichten«, antwortete Helens Vater, betrübt, mit gesenkter Stimme.

»Warum ladet ihr sie nicht ein?« fragte Helen. »Sie sehnt sich nach euch.«

»Nach Oslo?« Sie waren verwundert. »Was sollte sie denn hier?«

»Klar«, sagte Helen. »Sie ist nur eine Polin vom Dorf. Was sollte eine Polin vom Dorf bei euch in Oslo?«

»Reg dich nicht auf«, bat die Mutter. »Wir sind ihr dankbar. Wir helfen ihr. Was können wir mehr...?«

»Am Anfang hatte ich oft Selbstmordgedanken, jetzt hat sich das gelegt... Natürlich muß ich mich vor Aufregungen hüten. Mein Sohn besucht mich zweimal im Jahr. Mein Mann hat nach der Scheidung das Sorgerecht bekommen, jetzt interessier' ich ihn nicht mehr. Ich bitte euch entweder um getragene Sachen, wenn es euch recht ist, oder um Zitronen und Apfelsinen, da ist wenig Zoll drauf...«, schrieb Alicja.

Den letzten Brief aus Polen schrieb ihr ehemaliger Mann:

»Ich habe eine unangenehme Nachricht für Sie. Alicja ist tot.«

Helen Zonenshein lief von zu Hause weg.

Sie kellnerte, betreute Kinder, bis sie das Geld für das Ticket in die Staaten zusammenhatte. Sie ging nach Kalifornien, wo es andere junge Juden gab, die von zu Hause weggelaufen waren.

10.

Sie gingen barfuß. Steckten sich Blumen ins Haar. Sagten in einem fort *I love you* und erzählten von ihren stinkbürgerlichen Familien, die sie haßten.

Helen erzählte von Alicja.

»Sie blieb für sie eine Polin vom Dorf. Sie hat sie auf die arische Seite gebracht, aber sie blieb eine Polin vom Dorf...«

»Gebracht? Wohin?« fragten die jungen amerikanischen Juden.

Der Rabbi Shlomo Carlebach nahm sich ihrer an. Er spielte Gitarre und erzählte von den Zaddikim, seinen Meistern. Die Meister hatten vor hundert oder zweihundert Jahren gelebt, und die Städte, in denen sie damals lehrten, trugen wunderliche Namen: Izbica, Turzysko, Gostynin, Kock...

»Mordechaj von Izbica lehrt uns: Wenn du liebst, führt deine Liebe den Liebsten aus der irdischen und aus der himmlischen Welt zu dir...«, sagte Shlomo Carlebach, und Helen dachte an Alicjas Liebe.

Jechiel von Gostynin lieh einem fremden Juden zum Beten seinen Tallit. Als der ihm den Schal zurückgab, war er naß vor Tränen. »Gräme dich nicht«, sagte der Fremde. »Bis morgen ist er trocken.« – »Ich will nicht, daß er trocknet«, rief Jechiel aus. »Ich will nicht, daß er je wieder trocken wird!« – »Schnüre dein Bündel«, sagte der Fremde. »Mendel von Kock erwartet dich.« Sie machten sich auf den Weg, und Jechiel wurde Schüler des berühmten Zaddiks von Kock.

So erzählte Shlomo Carlebach, und Helen dachte an Alicjas Tränen.

Abraham von Turzysko schlief nicht und aß nicht. Man fragte ihn nach dem Grund. Er antwortete: »Als ich neun Jahre alt war, weckte mich mein Vater, der Zaddik Mordechaj von Czarnobyl, im Morgengrauen, spannte die Pferde an, und wir bestiegen den Wagen. Wir fuhren in den Wald. Auf der Lichtung erblickte ich eine Laubhütte. ›Halte die Zügel‹, sagte mein Vater. Er betrat die Hütte und kam mit einem jungen Mann heraus. Auf dem traurigen Antlitz des Mannes lag ein Leuchten. Gesammelt lauschte er den Worten meines Vaters. ›Bist du gewiß, daß du mir eben dies zu sagen hast?‹ fragte er. Mein Vater erwiderte: ›Ich bin gewiß‹, und beide brachen in Tränen aus. Einander umfassend, weinten sie ohne Ende. Schließlich nahmen sie Abschied, und mein Vater kletterte zurück auf den Wagen. Wir fuhren, ohne uns umzusehen.

Als wir von ferne unser Haus erblickten, fragte ich: ›Vater, wer war dieser Mensch?‹ – ›Der Messias. Es war der Messias, der Sohn Davids.‹ – ›Was wollte er von uns?‹ – ›Er hat gefragt, ob es schon Zeit sei, ob er schon kommen kann. Ich mußte ihm die schreckliche Wahrheit sagen: Noch wartet niemand auf dich.‹«

»Wenn ihr den Messias gesehen hättet, wenn ihr wüßtet, er kommt nicht zu uns, weil niemand auf ihn wartet, könntet ihr schlafen und essen?« schloß, mit Abraham von Turzysko, der Rabbi Carlebach. Helen aber dachte an ihre Familie. Was brauchte die den Messias, wenn sie nicht mal auf Alicja gewartet hatte.

Carlebach redete klug, und er sang schön, aber Helen wollte die ekstatischen Gesänge nicht hören. Sie wollte Bücher lesen – und sie fuhr nach Berkeley.

Sie schloß ein Studium ab. Machte ihren Doktor. Wurde Professorin für Philosophie. Ging nach Oslo zurück.

Sie fand Onkel Meir im Sessel vor, nach überstandenem Schlaganfall. Er war nicht launisch. Klagte nicht. Bat um nichts. Er saß da, lächelte glücklich und sagte immer nur das eine Wort:

»Hiné... Hiné...«

Was auf hebräisch heißt:

»Da, sieh...«

Als sähe er unglaublich schöne Dinge.

Er starb unbemerkt.

»Hiné«, hauchte er, schloß die Augen und lächelte, verzückt.

Mehrere Stunden später entdeckte jemand:

»Meir ist tot.«

Jemand sagte:

»Ein schöner Tod. Gott hat Meir geliebt.«

Es war Aron, Helens Vater.

In seiner Stimme schwang spürbar Eifersucht.

Selbst Gott hatte Meir geliebt.

Wer aber liebt die Kleinen, Faden, die Ernsthaften und die Verläßlichen...?

Göteborg

Pola

1.

Plebanki war kein Flecken, keine Siedlung, kein Weiler und kein Dorf. Es war ein Winkel und existierte auf keiner Landkarte.

In Plebanki standen zwei Gebäude. Am Waldrand – ein kleines Gutshaus mit roten Dachziegeln. Auf der Waldlichtung – eine Dorfhütte aus Holz. Beim Gutshaus gab es einen Brunnen, überdacht, mit Rad und Kette.

Rundherum zog sich Wald. In ihm wuchsen Lärchen, Birken, Linden und eine alte Eiche, die unter Naturschutz stand. Die Eiche hatte einen dicken, gedrungenen Stamm und knorpelige, rheumatische Äste.

Zwei Wege führten nach Plebanki.

Der eine, bequem, durch eine lange Lindenallee, an der Eiche vorbei. Der zweite, eine Abkürzung, am Fischteich entlang, befahrbar im Sommer und bei Frost.

Das Haus mit den roten Dachziegeln bewohnte Henryk Machczynski, Besitzer der umliegenden Wälder und eines Gutshofs in Kock. Über die Ferien war Pola hier, seine Tochter. Als Pola erwachsen war, kamen ihre Söhne. Es gab eine Menge Kinder, Hunde, viel fröhliches Treiben.

In der Hütte wohnte die Kinderfrau.

Henryk Machczynski hatte vor, in Plebanki ein neues großes Haus zu bauen. Er fuhr Ziegel und Holz an, schachtete das Fundament aus.

Er sagte immer: »In Plebanki wird es brodeln vor Leben.«

Jeder möchte gern, daß es brodelt vor Leben, aber das Leben hatte nicht viel im Sinn mit Plebanki.

2.

Pola Machczynska war eine große, stattliche Frau. Sie hatte rotblondes Haar, braune Augen und kräftige Arme.

In ihrem Keller, in Kock, am Stadtrand, versteckte sie während des Kriegs fünfundzwanzig Juden.

Polas Söhne entdeckten sie durch eine Dielenritze.

Sie erschraken.

»Unter unserm Fußboden sitzen irgendwelche Leute...«

»Macht euch nichts draus«, beruhigte sie die Mutter. »Sie sind zu Besuch bei uns. Nur müßt ihr es keinem sagen, auch nicht dem Großvater.«

Der Großvater, Henryk Machczynski, war in Plebanki. Polas Mann war bei den Partisanen. Von den Gästen im Keller wußten vier Menschen: Pola, ihre beiden Söhne, und eine Frau, eine Jüdin, die sich mit ihren Kindern in einer Erdhöhle versteckt hielt.

Die Frau wurde von einem Polen angezeigt, der für die Deutschen arbeitete. Die Deutschen versprachen ihr, den Kindern das Leben zu schenken, wenn sie ihnen sagte, wo noch andere Juden seien. Sie sagte:

»Bei der Machczynska.«

3.

Wir wissen allerhand über die Deutschen, die die Jüdin mit ihren Kindern erschossen und dann die Machczynska suchen gingen.

Amerikanische Historiker – Christopher Browning und Daniel Goldhagen – haben umfängliche Bücher über sie geschrieben.

Die Deutschen gehörten dem Reserve-Polizeibataillon 101 an. Es waren fünfhundert Mann. Sie waren zu alt gewesen für die Front. Vor dem Krieg hatten sie in Hamburg gelebt. Hatten in den Docks, in Werkstätten, Läden, in der Landwirtschaft und in Büros gearbeitet. Sie besaßen Frauen und Kinder. Glaubten an Gott. Im Jahr neunzehnhundertzweiundvierzig kamen sie nach Polen, in die Gegend von Lublin.

Früh am Morgen trafen sie in dem Städtchen Józefów ein. Sie stellten sich im Halbkreis auf, und ihr Kommandeur erklärte, daß sie Juden erschießen würden.

Er bat, beim Schießen an die deutschen Frauen und Kinder zu denken, die von den Bomben der Alliierten getötet wurden.

Er fragte, ob sie sich der Aufgabe gewachsen fühlten. Einer der Polizisten fühlte sich nicht gewachsen und trat vor. Elf andere folgten ihm.

Der Bataillonsarzt zeichnete die Umrisse einer menschlichen Gestalt auf den Boden und zeigte ihnen den Punkt am Schädelansatz, auf den sie zielen müßten. Das löste eine Diskussion aus – sollten sie mit aufgepflanztem Bajonett schießen oder ohne. Sie befanden, lieber mit Bajonett.

Auf Lastwagen brachten sie die Juden zum Waldrand. Jeder Polizist trat einzeln vor sie hin, zeigte auf einen, ging mit ihm unter die Bäume. Er zielte auf den Punkt am Schädelansatz und schoß. Kam zurück, zeigte auf den nächsten und führte ihn zu den Bäumen. Der Weg, den sie gemeinsam zurücklegten, dauerte mehrere Minuten. Die Polizisten konnten die Gesichter der Opfer sehen, ihre Bitten, ihr Weinen und ihre Gebete hören.

Es war ein langer Julitag. Sie schossen bis zum Abend. Bei dieser ersten Aktion, in Józefów, töteten sie siebzehn Stunden lang. Sie machten Zigarettenpausen. Ihre Uniformen waren mit Hirnfetzen und Blut bespritzt. Sie brachten keinen Bissen herunter, nachts wurden sie von Alpträumen gepeinigt. Der Kommandeur nahm an den Erschießungen nicht teil, er blieb im Stab und weinte. »Wenn das überall so zugeht«, sagte er in einem fort, »dann gnade uns Deutschen.«

Die Polizisten des Bataillons 101 erschossen die Juden zuerst eigenhändig, später deportierten sie sie in die Vernichtungslager, erschossen sie wieder eigenhändig...

Sie weinten immer seltener.

Ihr Appetit kehrte zurück.

Sie schliefen immer ruhiger.

Sie gingen ins Kino.

Ließen sich photographieren.

Besuchten Konzerte von Vortragskünstlern, die aus Deutschland angereist kamen.

Die Künstler einer Berliner Unterhaltungstruppe fragten, ob sie zu einer Aktion mitfahren dürften. Sie fuhren mit den Polizisten nach Lukow. Man brachte die Juden vor die Stadt, auf eine sandige, spärlich bewachsene Wiese. Man befahl ihnen, sich auszuziehen und sich hinzulegen, das Gesicht zum Boden. Die Polizisten schossen wie immer, in den Hinterkopf. Die Künstler sahen zu und fragten, ob sie auch mal töten dürften. Die Polizisten händigten ihnen die Gewehre aus. Die Künstler der Unterhaltungstruppe erschossen in Lukow mehrere hundert Juden.

Die Polizisten des Bataillons 101 waren in Radzyn stationiert. Sie luden ihre Familien aus Deutschland ein. Leutnant Brand holte seine Frau Lucie, und Hauptmann Wohlauf verbrachte mit seiner Frau Vera in Radzyn die Flitterwochen. Beide Damen liebten die Geselligkeit. Sie stellten den Eßtisch im Garten auf, ein Polizist spielte Geige, der Bataillonsarzt begleitete ihn auf dem Schifferklavier.

Julius Wohlauf nahm seine Frau zur Aktion nach Miedzyrzec mit. Er war ehrgeizig und voller Energie. Er ließ sich gern im Auto herumfahren, stehend, wie ein General, der die Parade abnimmt. Er wurde der »Kleine Rommel« genannt. Vera Wohlauf erschien in Miedzyrzec an seiner Seite, einen Militärmantel umgehängt. Man brachte die Juden aus dem Ghetto zum Marktplatz. Sie trugen Bündel, Kissen, Zwieback, ihre Kinder. Mit Schüssen und Schreien trieb man sie an. Das dauerte mehrere Stunden. Die Hitze nahm zu, Vera streifte den Mantel ab und stand nun im bunten Sommerkleid. Das Kleid spannte über ihrem Leib, die Frau war schwanger. So stand sie bis zum Schluß. Bis alle Juden in die Waggons gepfercht waren. Bis es auf dem Pflaster nur noch Bündel, Zwieback, Kinderleichen gab und Federn in der Luft, aus aufgeschlitzten Kissen.

Im November 1942 wurden die Juden aus Kock nach Treblinka deportiert. Leutnant Brand ordnete an, sie sollten auf Bauernwagen zur Bahnstation gebracht werden.

Die Wagen fuhren den ganzen Tag…

Auf einem fuhr Hersz Buczko, dem die Kleiemühle gehörte.

Es fuhr Szlomo Rot, der das beste Eis machte.

Es fuhr Jakow Marchewka, der Limonade verkaufte.

Es fuhren Cyrla Opelman, die die erlesensten Seidenstoffe führte, und Abram Grzebien, ihr Konkurrent.

Cyrla Wiernik fuhr, die aus dem Kurzwarenladen vom Markt, und Szlomo Rosenblat, ihr Nachbar, der von den Galanteriewaren für Damen.

Es fuhr Hennoch Madanes, der Eisenwarenhändler...

... und es fuhr Lejb Zakalik, der Mühlenbesitzer, mit seinem Bruder, mit Kindern und Enkeln...

Die Polizisten vom Bataillon 101 kehrten bei Kriegsende nach Deutschland zurück.

Sie kehrten zurück in ihr früheres, normales Leben. In die Docks, die Läden, die Werkstätten und die Büros. Zu ihren Frauen und Kindern. Zu Gott.

Warum waren normale Hamburger Bürger, zu alt für die Front, zu Mördern geworden?

Weil sie Deutsche waren, und den Deutschen wurde der Haß gegen die Juden jahrhundertelang beigebracht, gibt Daniel Goldhagen in seinem Buch zur Antwort.[1]

Weil sie Menschen waren, und jeden Menschen kann man zum Mörder machen, antwortet Christopher Browning.[2]

4.

Einer der Polizisten verständigte Pola, die Deutschen wüßten von dem Versteck.

Sie hob die Falltür im Fußboden an.

Schrie: »Die Deutschen!«

Sie lief zu den Nachbarn. Die öffneten ihr nicht die Tür,

sie lief zu anderen. Ließ die Kinder dort, aber sie sagten, sie solle sie wieder abholen.

Pola ging mit ihrem einjährigen Töchterchen und den beiden kleinen Jungen von Tür zu Tür. Die Einwohner von Kock beobachteten sie hinter vorgezogenen Gardinen. Sie wußten schon von den Juden im Keller und daß die Deutschen gleich da sein würden. Sie verschlossen Fenster und Türen und sahen zu hinter vorgezogenen Gardinen.

Pola ging immer langsamer, an einem Schuh hatte sich der Schnürsenkel gelöst und schleifte durch den Schnee. Sie kehrte um. Daheim spannte sie den Schlitten an.

5.

Die Juden im Keller eröffneten das Feuer. Die Polizisten holten ein Maschinengewehr, die Schießerei dauerte mehrere Stunden. Es starben vierundzwanzig Juden. Einige auf der Stelle, die anderen auf dem Feld hinterm Haus. Retten konnte sich Icek Zakalik, der Enkelsohn des Müllers. Er erreichte den Wald – und verschwand. Später kam er hin und wieder aus dem Wald und schoß. Er richtete jene, die Juden anzeigten. Angeblich kam er auch um, aber manche sagen, das sei nicht wahr. Er lebe noch, ganz allein, in einem Wald...

6.

Pola wählte den kürzeren Weg nach Plebanki, am Teich entlang. Sie kamen nur mühsam vorwärts, der Schnee reichte den Pferden bis zu den Knien.

Im Gutshaus mit den roten Dachziegeln sagte sie: »Sie sind hinter uns her«, und Henryk Machczynski, der Vater, bestieg den Schlitten.

Sie hielten auf der Lichtung, vor der Hütte. Die Kinder begannen, sich mit Schneebällen zu bewerfen. Pola zog den Schafpelz aus. Das Kleid spannte über ihrem Leib, Pola war schwanger. Sie zog das Kleid aus, bat die Kinderfrau um ein Nachthemd und legte sich ins Bett.

Auch die Deutschen fuhren im Schlitten vor. Sie brachten drei Juden mit, einen vierten schleiften sie am Strick hinter sich her.

Ein deutscher Offizier betrat die Hütte.

Pola stand aus dem Bett auf und zog den Schafpelz über. Der Offizier befahl ihr, in der Stube zu bleiben. Ein Verhör begann.

Sie führten Henryk Machczynski, Polas Vater, herein.

Der Offizier fragte:

»Wer hat die Juden versteckt?«

Pola antwortete für den Vater:

»Ich. Nur ich hab sie versteckt, er wußte von nichts....«

Sie führten die Kinderfrau herein.

Der Offizier fragte:

»Wer hat die Juden versteckt?«

Pola sagte:

»Ich. Nur ich hab sie versteckt.«

Sie führten Wojtek herein, Polas älteren, siebenjährigen Sohn. »Wer hat die Juden...?«

Pola sagte...

Der Offizier befahl Pola, auf den Schlitten zu steigen. Sie setzte sich zu den drei Juden. Der vierte, der am Strick, war schon tot. Sie schnitten ihn ab und ließen ihn im Schnee zurück.

Der Schlitten fuhr nach Annopol, ins Nachbardorf. Hinter der ersten Scheune schaufelten die Juden ein Grab für sich und für Pola Machczynska.

7.

Der Jude, den sie vom Schlitten abgeschnitten hatten, wurde am Teich begraben.

Die drei von der Scheune auf dem jüdischen Friedhof.

Pola auf dem katholischen Friedhof.

Die Söhne erinnern sich, daß man sie bei strengem Dezemberfrost begrub, kurz nach Weihnachten.

Polas Mann kam von seinen Partisanen direkt zum Friedhof. Er stand ein Weilchen am Grab. Bekreuzigte sich, umarmte seine Söhne – und verschwand wieder.

Im April trugen sie Henryk Machczynski, Polas Vater, zu Grabe. Polas Söhne erinnern sich, daß es warm war, Frühling und Sonnenschein.

Nach dem Begräbnis liefen sie mit anderen Jungs zum Teich.

Den Winter über hielt sich auf den Teichen eine dicke Eisschicht. Jetzt begann sie zu schmelzen, und an der Wasseroberfläche schwammen, die Bäuche nach oben gekehrt, die erstickten Fische.

Am Ufer stand ein Fischer. Er holte die Fische mit dem Netz ein und füllte sie in einen Sack.

Er hob eine Grube aus.

Die Jungs standen in der Kiefernschonung, zwischen den Bäumchen, und sahen dem Mann bei der Arbeit zu. In der Grube erblickten sie Teile eines menschlichen Rumpfes.

»Das sind Rippen«, sagte der Fischer.

Daneben lag etwas Längliches, Rötlichblaues, das aussah wie zwei gefaltete Hände.

»Das ist ein Herz«, sagte der Fischer. »Wem mag das gehören?«

»Einem Juden«, sagte einer der Jungs. »Dem, den sie vom Schlitten abgeschnitten haben.«

»Das Herz von einem Juden«, sagte der Mann, hob den Sack an und schüttete die toten Fische in die Grube.

8.

Einer der Polizisten erzählte Polas Geschichte während des Prozesses gegen das Bataillon in Hamburg.

Christopher Browning erwähnt sie in seinem Buch.

»Die deutschen Polizisten machten sich auf die Suche nach der Hausbesitzerin« – schreibt er – »einer Polin, die rechtzeitig hatte fliehen können. Man fand sie in ihrem Elternhaus in einem nahe gelegenen Dorf. Leutnant Brand stellte den Vater vor die Wahl: entweder sein Leben oder das seiner Tochter. Der Mann lieferte seine Tochter aus, und sie wurde an Ort und Stelle erschossen…«

Der Leutnant stellte den Vater vor die Wahl: sein Leben oder das Leben der Tochter… – sagt der Polizist, Augenzeuge des Geschehens, aus.

Der Leutnant stellte den Vater vor die Wahl…

9.

Nach dem Krieg wurde das Land der Machczynskis unter die Bauern aufgeteilt. Den Wald ließ man Polas Kindern.

Einer kaufte das Gutshaus mit den roten Dachziegeln, trug es ab und baute es in einem anderen Dorf wieder auf.

Ein anderer holte sich die Überdachung und die Kurbel des Brunnens. Zurück blieb die graue Betoneinfassung, die über der Erde aufragte.

Wojtek und Slawek, Polas Söhne, kamen jeden Sommer nach Plebanki. Sie wohnten in der Hütte der Kinderfrau. Sie liebten diesen Winkel, den es auf keiner Landkarte gab. Die Lichtung zwischen den Bäumen, den Fliederbusch neben der Hütte, die beiden wilden Apfelbäume...

Wojtek pflegte zu sagen, es strichen gute, beschützende Geister durch den Wald.

Wojtek kam oft mit Dryf, seinem Hund, nach Plebanki. Das war ein grauer, fast silbergrauer Spitz. Der zweite Spitz in der Familie, nach Fifrek, Polas gelb und weiß geflecktem Lieblingshund. Nach ihrem Tod hatte er nicht mehr gefressen und war zwei Wochen darauf krepiert.

Vor ein paar Jahren ging Wojtek mit Dryf spazieren. Der Hund lief voraus und verschwand ihm aus den Augen. Wojtek durchkämmte den ganzen Wald, der Hund war nicht zu finden. Er kehrte aufs Feld zurück, da fiel ihm der Brunnen neben dem Haus mit den roten Dachziegeln ein. Er fand ihn. Jemand hatte die Betoneinfassung gestohlen, in der Erde gähnte ein vier Meter tiefes schwarzes Loch. Aus dem Schwarz kam das Winseln des Hundes.

Wojtek beugte sich vor...

Den einheimischen Bauern gelang es nur mit Mühe, die beiden Leichname aus dem Brunnen heraufzuholen.

10.

Da ist der Wald: die rotgoldenen herbstlichen Birken.

Da ist die Lichtung im Wald.

Da ist die alte hölzerne Hütte auf der Lichtung.

Da ist Plebanki.

Grazyna, Polas Enkeltochter, groß, rotblondes Haar, braune Augen, nähert sich dem Brunnen nicht, in dem ihr Vater ertrunken ist. Sie betritt nicht die Hütte, in der ihre Großmutter verhört wurde. Sie trägt ihren Sohn auf dem Arm. Sie muß ihn beschützen vor den Geistern von Plebanki.

»Mutter hat hier gestanden«, sagt Slawek, Polas jüngerer Sohn, in der hölzernen Hütte. »Mit dem Gesicht zum Fenster.«

Am Fenster saß der deutsche Offizier. (Dank Christopher Brownings Buch wissen wir, daß es Leutnant Brand war.)

Durch die Tür dort, aus der Küche, kamen sie der Reihe nach herein...

»Wer hat die Juden versteckt?« fragte Brand.

Polas Vater hätte antworten können:

»Ich hab sie versteckt, meine Tochter wußte von nichts.«

Aber der Vater schwieg, und Pola wiederholte ihr: »Nur ich...«

»Sie, ja?« vergewisserte sich Brand und musterte den alten Mann gespannt.

Polas Vater schwieg.

Vier Monate später starb er. Er war nicht krank gewesen, hatte über nichts geklagt. Er aß nicht mehr und starb.

Polas Mann kam wieder von seinen Partisanen. Er

stand im Garten, in der Aprilsonne, über einer Schüssel. Er wusch sich Hals und Gesicht, jemand goß ihm Wasser aus einem kleinen Topf nach. Die Söhne standen dabei und erzählten ihm die Neuigkeiten: Zuerst hat Fifrek aufgehört zu fressen, bis er tot war, dann hat Großvater aufgehört...

Sie gingen zum Begräbnis von Großvater Machczynski. Nach dem Begräbnis verschwand der Vater, und die Jungs liefen zum Teich. Sie sahen die erstickten Fische im Wasser, und am Ufer den Fischer, mit dem Sack.

11.

Kurz vor ihrem Tod gab Pola Machczynska Rywka, einem jüdischen Mädchen aus Kock, arische Papiere. Sie gab ihr die Adresse ihrer Schwiegereltern in Warschau. Riet ihr, mit einem Fuhrwerk zur Bahnstation zu fahren.

Rywka war zwanzig Jahre alt. Sie war die Tochter des Zimmermanns Szmul Goldfinger. Er besaß eine Werkstatt in der Browarna-Straße, im Hof.

Das Mädchen bat den polnischen Nachbarn, sie zur Station zu fahren.

»Raus!« schrie der Nachbar, und Rywka fragte Pola, was sie tun solle.

»Warte hier«, sagte Pola, lief davon und kam mit einem deutschen Polizisten zurück.

»Wirst du sie fahren?« fragte der Polizist den Nachbarn und griff zur Pistole.

Der Nachbar spannte das Pferd an und brachte Rywka zur Bahnstation.

Sie überlebte den Krieg. Ihre Mutter Szprynca, ihre fünf Schwestern – Sara, Lea, Chawa, Bluma und Cesia –

und ihr Bruder Lejzor kamen in Treblinka ums Leben. Den Vater erschossen die Deutschen in Lukow bei der Massenexekution. Wahrscheinlich erschossen ihn die Künstler von der Unterhaltungstruppe. Auf der sandigen, spärlich bewachsenen Wiese.

12.

Ein Polizist hatte Pola verständigt, daß die Deutschen von dem Versteck wüßten...

Ein Polizist hatte den Nachbarn gezwungen, Rywka zu fahren...

Man hatte diesen Polizisten mit Pola gesehen, er war manchmal nach Plebanki gekommen. »Er stammte aus Hamburg, ein großer Blonder, war um die Fünfzig...«, schrieb mir Rywka Goldfinger in einem Brief aus Israel.

Liebte er Pola?

Ahnte er etwas von den Gästen in ihrem Keller?

Hatte sie ihm von ihnen erzählt?

Glaubte sie, er werde sie beschützen in der schlimmsten Stunde...?

13.

Als sie in Annopol, bei der Scheune, die drei Juden aus dem Schlitten schon erschossen hatten und nur noch Pola zu töten blieb, wandte sich Leutnant Brand an den Polizisten, den man mit ihr gesehen hatte:

»Schieß!«

Der Polizist hob das Gewehr. Er sagte: »Ich kann nicht«, und ließ die Waffe sinken.

Der Polizist hob das Gewehr und ließ es sinken.

»Kannst du jetzt?« fragte Brand und drückte dem Polizisten die Pistole an die Schläfe.

Das haben die Leute aus Annopol Polas Cousine erzählt.

Die Cousine wohnt hinter der alten Eiche, am Weg nach Plebanki.

Sie spricht laut, kreischend, weil sie taub ist oder vielleicht auch aufgeregt:

»Er hob das Gewehr und hat es nicht fertiggebracht!«

»Dreimal hat er's versucht!«

»Bis sie ihm mit der Pistole kamen: Und jetzt?!«

»Erst beim dritten Mal!«

»Beim dritten Mal hat er es fertiggebracht!«

Sie schreit über den Zaun hinweg, hinter der Eiche hervor, knorpelig und rheumatisch.

Sie schleudert die Worte, schreit die letzten Augenblicke im Leben der Apolonia Machczynska[3] aus sich heraus. Schreit die letzten Augenblicke der Liebe des Polizisten aus Hamburg aus sich heraus.

Plebanki

---

1 Daniel Jonah Goldhagen, Hitlers willige Vollstrecker. Ganz gewöhnliche Deutsche und der Holocaust, Berlin 1996.

2 Christopher R. Browning, Ganz normale Männer. Das Reserve-Polizeibataillon 101 und die »Endlösung« in Polen, Reinbek 1993.

3 Das Institut des Gedenkens Yad Vashem in Jerusalem hat Apolonia Machczynska-Swiatek postum mit der Medaille »Gerechter unter den Völkern der Welt« ausgezeichnet.

Das Blau

(Die amerikanischen Bücher über das Hamburger Bataillon 101 enthalten auch Landkarten von Lublin und Umgebung. Mit fehlerlos gesetztem Strichlein über dem O und dem N in »Józefów« und »Radzyń«. Mit einem RZ in »Wieprz River«, an welchem Kock liegt.

Kock: Menachem Mendel.

Der zornige Zaddik. Selbst Gott hatte er geschmäht, auch wenn er beachtliche Dinge über Ihn geschrieben hatte. Daß Er dort ist, wo man Ihn einläßt. Daß Er vom Menschen ein Opfer verlangt. Nicht eigentlich ein Opfer – vielmehr die Bereitschaft dazu, die Lösung aus den irdischen Verstrickungen. Und dann hatte er Ihm geflucht und hatte sich selbst die Strafe zugemessen: Er schloß sich in seiner Kammer ein. Brachte den Rest seines Lebens dort zu, zwanzig Jahre.

Die Kammer lag in derselben Straße wie der Speicher der Machczynskis. Ein paar hundert Meter entfernt vom Speicher. Man könnte ihn verstehen, hätte er Gott um Polas willen geschmäht, der keine Zeit geblieben war, sich auf das Opfer vorzubereiten, aber Pola kam volle hundert Jahre nach dem Zaddik.

Über diese seine Kammer gingen bange Legenden von Mund zu Mund. Er arbeite darin, doch einmal im Jahr, vor

Pessach, vernichte er sämtliche beschriebenen Blätter. Suppe und Brot stelle man ihm vor die Tür. Kein Mensch dürfe ihm unter die Augen kommen, er esse des Nachts und allein. In den Fenstern hingen Spinnweben, lang wie Gardinen. Über den Fußboden tollten Mäuse, die ihm gehorchten wie dressierte Hunde.

Mendels Schüler begehrten auf. Mordechaj Josif, der Ehrgeizigste, vernahm eine Stimme. Sie kam vom Himmel und gebot ihm, sich der verlassenen Chassidim anzunehmen. Unverzüglich berichtete er ihnen von der Stimme – auf einem Spaziergang, abends, am Fluß Wieprz. Zeit von hier wegzugehen, sagten sie, und anderntags verließen sie Kock. In Izbica begründeten sie eine eigene Schule, die jedoch nicht mehr die innere Kraft des Schmähworte schleudernden Weisen von Kock besaß. Nicht in der Liebe zu Gott und nicht im Zorn gegen Ihn.

Mordechaj Josif hinterließ mehrere Arbeiten, die Beachtung fanden, und einen Enkel, Gershon Hennoch, der ebenso unbeugsam war wie er. Der Enkel war Rabbiner in Radzyn.

Radzyn: Gershon Hennoch.

Er teilte der Welt mit, er führe das Blau in den Zizit wieder ein.

Zizit sind die Schaufäden an dem rechteckigen weißen Gewand, das die frommen jüdischen Männer unter der Kleidung tragen. An den vier Westenenden hängen Quasten. Ihre Fäden verbinden den Menschen mit Gott, bewahren ihn vor Sünde und bösen Geistern.

In biblischer Zeit war in jeder der Quasten ein Faden blau gewesen, zur Erinnerung an die Himmel. Das Blau gewann man aus einem geheimnisvollen Fisch. Einmal in siebzig Jahren tauchte er aus dem Meer auf, und nur die

Priester wußten, wann er erschien. Sie fingen ihn ein und gewannen den Farbstoff. Ihr Wissen ging mit der Zerstörung des Tempels von Jerusalem verloren. Seitdem kannte niemand mehr die Stunde noch den Verbleib des Fisches. Ja niemand wußte, wie er ausgesehen hatte und ob er sich noch zeigen würde. Die Männer mußten weiße Quasten tragen. Das Blau würde erst mit der Ankunft des Messias zurückkommen.

Gershon Hennoch, der Rabbi von Radzyn, wollte nicht auf den Messias warten. Er beschloß, den Fisch zu finden. Er hatte Kunde erhalten, daß in der Bucht von Neapel Geschöpfe mit blauem Farbstoff lebten. Ohne zu säumen, brach er auf nach Italien. Er studierte die Küste und die Fauna des Mittelmeers, forschte in der Vatikanischen Bibliothek. Wurde ein richtiger Fischkenner. Der Tintenfisch, Sepia Officinalis, entsprach seiner Vorstellung von dem Gesuchten. Er brachte ihn nach Radzyn und gab bekannt, er gründe eine Blaufabrik. Die Fabrik entstand, und am ersten Tag von Chanukka legte Gershon Hennoch in höchsteigener Person eine Weste mit blauen Schaufäden an.

Das gab einen Aufruhr in der jüdischen Welt. Die berühmtesten Rabbiner – die von Sochaczew, Kutno und Góra Kalwaria – traten Hennoch entgegen. Sie nannten seinen Tintenfisch eine unreine Kreatur und riefen die Juden zum Boykott gegen das Blau auf. Der Streit griff auf die Radzyner Familien über. Die Frauen der Chassidim verlangten empört die Scheidung, Schwiegerväter jagten Schwiegersöhne mit blauem Faden aus dem Haus. Der Rabbi von Braclaw allerdings nahm Gershon Hennoch in Schutz und trug nun, statt des einen, drei blaue Fäden in jeder Quaste! Und der Rabbiner Herzog, der spätere Oberrabbiner von Israel, schrieb darüber sogar seine Doktorarbeit, die er im Jahr 1919 verteidigte...

Beide, Mordechaj Josif wie Gershon Hennoch, veröffentlichten ihre Arbeiten in der berühmten Druckerei von Józefów.

Józefów: Szaja Waks.

Er hatte die Druckerei gegründet. Sie wurde eine der größten in Polen. Sie druckte hebräische, jiddische und deutsche Bücher und versandte sie in ganz Europa. »Mein dahingegangener Vater trug mir auf, mir die wohltätigen Folgen des Fleißes vor Augen führend, welche nur untugendhafte und mit Vorliebe von der Luft lebende Menschen geringschätzen können, mich der Buchdrukkerkunst zu widmen...«, schrieb Waks an den Majoratsherrn Zamoyski. Er wandte sich viele Male an ihn. Er bat ihn um Beistand im Kampf gegen die Konkurrenz – und der Majoratsherr stand ihm bei. Er bat um Papier auf Kredit – der Majoratsherr lehnte ab. Er bat ihn um Einspruch bei der Zensur – der Majoratsherr setzte sich für ihn ein, aber vergeblich. Die in Józefów gedruckten Bücher erregten Anstoß – bei der staatlichen Zensur wie bei der Zensur des Rabbinats. »Höchst ärgerlich« nannte sie der Zensor in einem Brief an Zamoyski. Kein Wunder, Szaja Waks publizierte so bilderstürmerische Werke wie das des Rabbiners von Radzyn über das Blau der Schaufäden...

Mit solcherlei Dingen waren die frommen Juden von Kock, Radzyn und Józefów befaßt.

Bis die Bewohner von Hamburg bei ihnen eintrafen, die für die Front zu alt gewesen waren.

Die Mystiker hatten Gershon Hennoch gewarnt: Blau ist die Farbe der Himmel, aber im Traum geschaut, verheißt sie nichts Gutes. Und was erst, wenn einer sie im Wachen schaut...)

Tatsachenliteratur

1.

»Erzählen Sie mir was…«, bat ich.

(Jede Lesung beende ich so: »Erzählen Sie mir eine Geschichte…«)

In der kleinen nördlichen Stadt, nicht weit von Hamburg, trat ein Mann mittleren Alters vor. Weltmännisches Lächeln und wachsamer Blick.

»Benski, Isaak Nachumowitsch«, stellte er sich auf russisch vor. »Musiklehrer… Ich habe was für Sie…«

Ich habe was – das klang vielversprechend. Wie die Verheißung einer Transaktion mit vorteilhaftem Ausgang. Doch nicht in geschäftlichen Dingen kam der Musiklehrer zu mir. Er kam in Dingen des Lebens.

»Etwas wirklich Interessantes, Madame…«

Wirklich Interessantes…

Er gab mir zu verstehen, die Geschichte, die ich eben gelesen hatte, sei gar nichts dagegen. (Die Geschichte einer Polin, die Juden gerettet hatte und von einem in sie verliebten deutschen Polizisten erschossen worden war.)

Eine wahrhaft faszinierende Story hatte für mich nur er, Isaak Nachumowitsch Benski.

2.

»Nachum, mein Vater, war Kommunist. Er stammte aus einer kinderreichen, armen Familie aus Riga. In einer armen jüdischen Familie mußte der älteste Sohn Kommunist werden, und mein Vater war der älteste Sohn.«

(Das klang nicht verlockend. Über jüdische Kommunisten aus armen Familien hatte ich eine Menge geschrieben, und ich glaubte nicht, noch Neues zu erfahren. Ja, ich hatte nicht einmal Lust auf Neues. Enttäuscht hörte ich zu, ohne zum Kugelschreiber zu greifen.)

Der Krieg brach aus. Lettland wurde Sowjetrepublik. Nachum Benski wurde zum Minister ernannt.

Eindundvierzig besetzten die Deutschen Lettland. Russen, Juden und Kommunisten reisten nach Rußland aus. Die Züge waren umlagert. Nachum Benski erfuhr, daß gleich der letzte Transport nach Moskau abging. Er ergatterte sieben Plätze: für die Mutter und alle Geschwister. In höchster Eile brachte er sie zum Bahnhof. Verstaute sie in einem Wagen und verabschiedete sich. Bis zur Abfahrt des Zuges konnte er nicht warten: Er rückte aus an die Front.

Der Zug stand auf dem Bahnsteig, auf dem Rigaer Bahnhof.

Großmutter Noemi, Nachums Mutter, saß in dem Wagen und sammelte ihre Gedanken.

Da fuhren sie nun ins Unbekannte, ging es ihr durch den Kopf, hinaus in die Welt, und sie hatte nichts mitnehmen können. Die Bettwäsche – unwichtig. Der Teekessel – unwichtig. Unwichtig sogar die drei silbernen Teelöffel, die sie als Aussteuer von ihrer Mutter bekommen hatte. Das Allerwichtigste hatte sie dagelassen: die silbernen Leuchter, in denen die Mutter und später sie selbst an jedem Sabbat die Lichter angezündet hatte.

Sie erhob sich von ihrem Platz.

Sagte: »Wir steigen alle aus.«

Sie stiegen aus. Alle: die Großmutter und ihre sechs Kinder.

Sie gingen nach Hause.

Wickelten die beiden Leuchter und die drei Teelöffel in ein weißes Leinentuch.

Gingen zurück zum Bahnhof.

Der Bahnsteig war leer.

Vom Rigaer Bahnhof war der letzte Zug nach Rußland abgefahren.

3.

»Und weiter?« fiel ich dem Lehrer ahnungsvoll ins Wort. »Der Zug wurde unterwegs bombardiert, die Passagiere kamen ums Leben. Noemi und die Kinder überlebten den Krieg, ist es das?«

»Nein, Madame. Der Zug traf in Moskau ein. Die Passagiere überlebten den Krieg. Großmutter Noemi ist mit ihren sechs Kindern und Zehntausenden anderer lettischer Juden umgekommen.«

4.

Nachum Benski kehrte mit den höchsten militärischen Orden und mit vernarbten Wunden aus dem Krieg zurück. Daheim fand er fremde Menschen vor. Sie kannten seine Mutter, seine Brüder und Schwestern nicht.

Er ging zu den lettischen Nachbarn, sie wußten von nichts.

Er wollte zurück an die Front, die Front gab es nicht mehr. Es gab Wald. Man kommandierte ihn ab zu den Trupps, die die Wälder nach Deutschen und lettischen Kollaborateuren durchkämmten.

Bei den Letten sahen sie sich die Schultern an. Wenn einer lange mit umgehängtem Gewehr herumläuft, hinterläßt das eine bleibende Spur.

Die Letten mit Spuren an der Schulter schickten sie *w rasschod**: ins Lager oder an den nächsten Baum.

Die Deutschen führten sie aus dem Wald. Rasierten sie, putzten ihnen die Stiefel, nähten ihnen die Knöpfe an die Uniform und hängten sie an den Telegrafenmästen auf dem Marktplatz auf, mitten in der Stadt.

5.

Der Krieg war aus. Die Deutschen waren aufgehängt, die Letten *w rasschod* geschickt, die Zeit für ein normales Leben war gekommen.

Nachum Benski ging nach Riga zurück. Er heiratete, arbeitete, zog seine Söhne auf.

Nach dem Sechs-Tage-Krieg in Israel beschloß er, auszuwandern. Auf den Paß warteten sie nur vier Jahre, eine kurze Zeit.

Sie packten ihre Sachen, gaben sie auf und kauften rote Nelken.

Sie wußten nicht, wo Großmutter Noemi lag: im Salapilsker Wald, im Rumbulsker Wald oder im Wald von Bikernijeki.

* russ.: zum Erledigen (alle Anmerkungen mit Sternchen sind vom Verlag)

Sie faßten den Entschluß, von den jüdischen Hinrichtungsstätten in allen drei Wäldern Abschied zu nehmen. Das Nelkenbündel teilten sie in Sträuße auf.

Am Tag davor hatte jemand an die Tür geklopft. Eine fremde alte Frau, ein schwarzes Tuch um den Kopf, eine schwarze Wachstuchtasche in der Hand, wünschte Nachum Benski zu sprechen.

Sie stellte sich vor: im Krieg, ehe das Ghetto entstand, war sie Noemis Nachbarin gewesen.

Eines Abends hatte sich Noemi aus dem Ghetto gestohlen und war bei ihnen aufgetaucht. Sie sagte: »Morgen bringen sie uns um. Wir werden sterben, aber Nachum, mein Sohn, überlebt den Krieg. Bitte geben Sie ihm das.«

Die alte Frau griff in die Wachstuchtasche und legte ein Leinenbündel vor ihn hin.

»Am nächsten Tag«, sagte sie, »trieben sie sie in den Rumbulsker Wald, durch den Schnee. Es war November, der Schnee lag schon kniehoch... Ich habe sie nie wiedergesehen.«

Nachum knüpfte das Bündel auf.

Er strich mit der Hand über die Sabbatleuchter und die Teelöffel und fragte die Frau, warum sie ihm das brächte.

Es interessierte ihn nicht, warum sie mit der Rückgabe so gezögert hatte. Ganz einfach: Sie hatte die Löffel benutzt, sie vergessen. Was sind schon drei Teelöffel... Er wollte wissen, warum sie sie ihm nach dreißig Jahren brachte.

»Ich träume oft von einem Engel«, erklärte die Frau. »Er sagt: ›Gib sie zurück. Wir lassen dich nicht ins Paradies, wenn du sie nicht zurückgibst.‹ Neuerdings sagt er gar nichts mehr, er sieht mich nur an, und ich weiß, was er meint. Ich habe zu ihm gesagt: ›Guck nicht so, ich versuche, ihn zu finden…‹ Und ich habe Sie gefunden, und ich gebe sie zurück«, schloß die Frau. »Ich gebe sie Ihnen zurück, nicht wahr?«

»Sie geben sie mir zurück«, bezeugte Nachum Benski. »Ums Paradies muß Ihnen nicht bange sein.«

6.

»A Boga njet«, sagte der Musiklehrer plötzlich lächelnd. »Es gibt keinen Gott, auch wenn es Träume von Engeln gibt und Silber im Glasschrank.«

(In Israel hatte der Vater ein Glasschränkchen gekauft und die Teelöffel und die Sabbatleuchter hineingetan. Er hatte dem Sohn versprochen, ihm das Familiensilber im Testament zu vermachen. Er bat ihn, es schonend zu polieren. Keine Chemie. Am besten mit Zahnputzpulver, in der ehemaligen UdSSR sei das noch zu haben. Die ehemaligen Genossen von der Front schickten ihm Pulver in großen Mengen.)

»Boga njet«, wiederholte Isaak Benski und lächelte wieder rätselhaft. »Es gibt keinen Gott.«

Ich nahm ein Blatt und den Kugelschreiber.

»Boga njet«, notierte ich und kehrte an den Anfang seiner Erzählung zurück:

»In einer armen jüdischen Familie mußte der älteste Sohn Kommunist werden…«

7.

Sie wußten nun, wo Großmutter Noemi lag.

Sie brauchten die roten Nelken nicht zu teilen. Konnten sie alle in den Rumbulsker Wald bringen.

Sie kannten diesen Wald. Die Rigaer wanderten an Sonntagen dorthin. Der Schnee hielt sich meist bis ins späte Frühjahr. Schmelzend, wusch er menschliche Gebeine aus der Erde. Die Kinder sammelten sie, so wie man im Wald Pilze sammelt, und die Eltern begruben sie in zwei großen Massengräbern. In einem Grab die großen, erwachsenen, im andern die kleinen, kindlichen Gebeine. Sie versuchten, die Schädel zu zählen. Sie zählten zehntausend kleine Schädel, bei den großen verzählten sie sich und verloren den Überblick.

Bei den Gräbern stellten sie eine Tafel auf: Hier liegen Juden.

Die Miliz entfernte die Tafel, doch jemand stellte eine neue auf: Hier liegen Juden.

Die Miliz entfernte sie – und so weiter.

Als eine amerikanische Zeitung über den Kampf um die Tafeln schrieb, bewilligten die Behörden einen kleinen Stein mit der Inschrift: Hier liegen Opfer des Faschismus. Neben dem Stein, der an den Tod zehntausender Juden aus Holland und Lettland erinnerte, richteten sie einen Obelisken auf: »Ruhm den Panzersoldaten«. Von hier aus hatten im Jahr fünfundvierzig Panzer der Roten Armee den Sturm auf Riga begonnen.

8.

Sie wollten also:

die Blumen in den Rumbulsker Wald bringen,

sich aus dem Wald zum nahe gelegenen Flugplatz begeben,

von diesem Flugplatz aus das Land für immer verlassen.

Isaak fuhr mit den Blumen vor. Die Eltern und der jüngere Bruder sollten nachkommen.

Er stellte den Wagen an der Straße ab, trat zwischen die Bäume. Es war Januar. Wie vor dreißig Jahren reichte der Schnee bis an die Knie. Nach ein paar wärmeren Tagen hatte es noch einmal gefroren, der Schnee war von einer spiegelglatten Glasur überzogen

Endlich langte er an.

Er stand vor dem größeren, dem »erwachsenen« Grab, den Arm voll roter Nelken, in dem weißen verlassenen Wald.

Die Familie verspätete sich. Er wurde unruhig. Ohne noch länger zu warten, legte er die Blumen an den Rand des Grabes.

Er sagte halblaut:

»Leb wohl, Großmutter. Lebt wohl, ihr Onkel und Tanten, die ich nicht kennengelernt habe. Wir besuchen euch niemals wieder.«

Nun müßte er Kaddisch sagen, dachte er, doch er verstand nicht zu beten.

Er machte sich auf den Rückweg und sah die Eltern. Der Vater befahl, zu den Gräbern umzukehren. Im Gänsemarsch stapften sie den Pfad entlang, den er getrampelt hatte.

»Wo sind die Blumen?« fragte Nachum.

Die Blumen waren nicht mehr da.

Da war, als deutlicher Abdruck im Schnee, die Spur der Blumen.

»Haben Leute sie gestohlen?« fragte die Mutter verärgert.

Leute waren nicht da.

»Hat der Wind sie verweht?«

Es wehte kein Wind.

»Haben Vögel sie entführt?«

Vögel waren nicht zu sehen. Und welcher Vogel hätte auch einen Armvoll Nelken fortgetragen?

Nachum sprach das Gebet zum Andenken an die Toten. Anders als sein Sohn, wußte er die Worte. Er hatte sie im Cheder gelernt, vor langer Zeit, ehe er Kommunist geworden war.

Sie kehrten zum Wagen zurück und fuhren zum Flugplatz.

9.

»A Boga njet«, sagte der Musiklehrer. »Engel gibt es, Silber gibt es und den Abdruck von Blumen, aber einen Gott gibt es nicht. Haben Sie das notiert?«

»Hab ich, natürlich: *Boga njet.*«

10.

Von Israel ging er nach Deutschland. Ein Cellist, den er kannte, der Jude war, aber wie ein Türke aussah und vor den jüngsten Türkenpogromen in Usbekistan hatte fliehen müssen, spielte jetzt in einem Orchester an der Nordsee. Er schrieb ihm von den Unterstützungsgeldern und vom Zurückweichen des Meeres. Die Unterstützung war höher als in Israel, und das Meer wich bis an den Horizont zurück. »Es legt den Grund frei«, schrieb der Cellist. »Es wogt und ist grenzenlos wie die Musik Mahlers.«

Die Geigenlehrerstelle im nahen Hamburg erwies sich als reizvoll. Im Gegensatz zu dem Meeresgrund, der sich als eintönig und schlammig erwies.

Isaak Benski holte die Eltern zu sich, und sie nahmen Wohnung in der kleinen nördlichen Stadt.

»Fahr nach Berlin«, sagte er eines Tages zu dem Cellisten. »Bring aus dem Umsiedlerlager sieben Juden her. Dann sind wir zehn, sind ein Minjan und haben eine Gemeinde. Sieh zu, daß die Juden jung sind und gesund. Und gut ausgebildet.«

Der Bürgermeister stellte kommunale Wohnungen bereit.

Während des Nationalsozialismus hatte sich die kleine nördliche Stadt durch begeisterte Bücherverbrennungen hervorgetan, und so lag ihm am guten Ruf der Einwohner – als tolerante und gastfreundliche Bürger.

Der Cellist fuhr in das Umsiedlerlager.

Er brachte fünfzehn Juden mit, alte und kranke. Nicht einer von ihnen verstand Deutsch.

»Sollte ich eine Selektion vornehmen?« fragte er zerknirscht.

»Keine Sorge«, tröstete der Bürgermeister. »Wir haben einen jüdischen Friedhof in der Stadt. Das letzte Begräbnis war im Jahr neununddreißig.«

11.

Bald zeigte sich, daß Nachum Benski, Held des Zweiten Weltkriegs, Angst vor den Deutschen hatte.

»Sie werden mich erkennen…«, murmelte er. »Sie kriegen heraus, daß ich sie an der Front getötet habe. Daß ich sie auf dem Marktplatz aufgehängt habe…«

Er verließ das Haus nicht mehr. Wollte nicht mehr sehen, wie das Meer zurückwich.

»Sie erkennen mich«, murmelte er.

Früh am Morgen nahm ihn der Sohn nun mit in den Wald, sie gingen eine Stunde spazieren, kehrten nach Hause zurück, und der Sohn fuhr in seine Schule.

Eines Morgens waren sie draußen, wie üblich. Auf Baumstämmen legten sie eine Rast ein. Es war heiß. Nachum zog das Hemd aus. Sein nackter Oberkörper war bleich, mager, von einem Gewirr aus Narben überzogen, einer Landkarte mit dem Verlauf der Fronten gleich.

Ein Hund rannte aus dem Wald. Ein alter Mann eilte ihm nach. Bei Nachums Anblick blieb er stehen, starrte gebannt auf den zerfurchten Leib.

»Im Krieg?« Er deutete mit dem Finger auf die Narben.

»Im Krieg«, bestätigte Nachum resigniert.

Der Deutsche knöpfte sein Hemd auf und zeigte einen Landkartenleib.

»Im Krieg?« fragte Nachum.

»Im Krieg«, bestätigte der Deutsche. Er begann seine linke Brust abzutasten und fand einen blauroten Striemen.

»Orscha«, teilte er mit.

»Smolensk.« Nachum wies eine Schramme unter seiner Brust vor, länger als Orscha, bis zum Brustbein reichend.

»Kursk«, benannte der Deutsche eine malerische senkrechte Narbe an seinem Brustbein.

»Brjansk!« rief Nachum…

Isaak Benski fuhr zur Arbeit. Die Veteranen gingen zusammen ein Bier trinken. Am nächsten Morgen stand fest – Nachum Benski war wieder ein Kriegsheld.

12.

»Der Mann, der so empört ›Alles Lüge‹ gerufen hat, als Sie die Geschichte von der Frau lasen, die Juden versteckt hat und von einem Hamburger Polizisten erschossen wurde... ›Alles Lüge!‹ hat er geschrien – das ist unser Lokalfaschist.

Die Frau, die ihn so energisch aus dem Saal geführt hat, das ist unsere Antifaschistin.

Die alten Männer, die so still in der letzten Reihe hockten, das sind unsere Juden. Sie sind nicht Ihretwegen gekommen, nein. Sie sind meinetwegen da. Einem von ihnen ist die Frau gestorben, und sie wollen Geld für den Grabstein.

Und der Rest, der sich Ihre Reportage so höflich angehört hat, das sind unsere normalen Deutschen.

Gesittete Liebhaber von Tatsachenliteratur.«

Hamburg

Das Theater

1.

Längs des Marktplatzes reihen sich einstöckige Häuser. Eins wie das andere, mit geräumiger Veranda, Blumen vor der Tür. Sie sind aus Holz errichtet und weiß verputzt. Der Putz täuscht Mauerwerk vor. Die Häuser täuschen Adelssitze vor. Eine Theaterkulisse, unecht und herzergreifend, nicht verändert seit zweihundert Jahren.

Vor den Häusern wartet eine Bühne, groß und leer. Irgendwas wird sich auf ihr abspielen oder hat sich längst abgespielt...

Hinter den Häusern fließt ein Fluß. Einmal wand er sich durch ein verschlungenes Bett. Seine Nebenarme, kleinen Seen und Werder erstreckten sich bis an den Horizont. Auf den Wiesen der Werder weideten Kühe, man führte sie über die Deiche dorthin oder fuhr sie mit Booten hinüber. Im Schilf lebten Vögel: die Tüpfelralle und die Kleine Ralle, die Haubenente, die Rohrammer, der Schilfrohrsänger und der Kampfläufer.

Das Tal wurde trockengelegt.

Die Vögel flogen davon.

Die Narew verwandelte sich in einen schmalen, belanglosen Fluß.

2.

Über dem leeren Marktplatz hängt schwer die Hitze. Im alten Königlichen Gericht ziehen sich die Schauspieler um. Die Frauen legen lange Kleider an, die Männer weiße Westen, Kaftane und Käppchen.

Vor ein paar Jahren trugen sie sie zum ersten Mal. Die Leiterin des Museums hatte sich ein Stück ausgedacht: eine Schlacht während des Novemberaufstands. Einwohner von Tykocin – verkleidet als Aufständische und Moskowiter. Am Schluß zieht der Aufständischengeneral in die Stadt ein, von der Volksmenge patriotisch empfangen. Der Besitzer des Universalwarenladens nebst Familie heißt ihn im Namen der jüdischen Gemeinde willkommen. Sie trugen geliehene Theaterkostüme, die wohl aus der *Hochzeit* stammten. Aus unerfindlichen Gründen legten sie sie nach der Vorstellung nicht ab. Sie spazierten durch die Straßen, in Kaftan und Käppchen, und die Leute sagten: »Schaut her, die Juden sind wieder da.« Die Leiterin des Museums wußte zwar, daß das nur der kostümierte Ladenbesitzer mit Frau und Kindern war, aber auch ihr kam es vor, als seien die Juden von einst wirklich in die Stadt zurückgekehrt.

3.

Sie hatten vierhundertundneunzehn Jahre in Tykocin gelebt. Hochadel und Könige vertrauten ihnen den Handel und die Finanzen an. Die Familien Choroszucha, Suraski und Gold führten das ganze achtzehnte Jahrhundert die polnischen Geschäfte. Tykocin war eine blühende Stadt. Auf dem Fluß verkehrten Floße und Barken. Getreide wurde befördert. Schiffe wurden gebaut. Waren wurden aus Übersee eingeführt.

Die Tykociner Ärzte waren berühmt für ihr Wissen, die Rabbiner für ihre Weisheit und die Synagoge für ihre Wunder. In ihren Kronleuchter war ein Amulett eingelassen. Bei einem Gottesdienst zu Jom Kippur löste sich der Kronleuchter von der Decke, doch dank des Amuletts schwebte er über die Köpfe der Gläubigen hinweg. Ging nieder, ohne jemanden zu verletzen.

4.

Im September 1939 marschierte die Rote Armee in Tykocin ein. Die Juden begrüßten sie mit Freuden. In seiner Begeisterung stürmte einer in die Synagoge auf die Bima, von wo aus der Tora vorgelesen wird, und rief, ganz außer sich, den Versammelten zu:

»Brüder! Ihr wartet auf das Erscheinen des Messias? Er ist erschienen! Unsere sowjetischen Freunde sind unser Messias!«

Die seriösen Leute – der Buchhändler Granat, der Arzt Dr. Turek und der Zahnarzt Bejnys – waren entrüstet. Als die sowjetischen Freunde Dr. Turek und Bejnys, den Zahnarzt, mit der ganzen Familie nach Sibirien deportierten, bezwangen die seriösen Leute ihre Entrüstung und mucksten sich nicht.

5.

Im Juni 1941 marschierten die Deutschen in Tykocin ein.

Im Sommer begannen sie mit Erdarbeiten. Sie befahlen, im nahe gelegenen Wald von Lopuchów Gruben auszuheben. Zwei waren zwölf Meter lang, die dritte war kürzer. Alle drei waren sie fünf Meter tief.

Ein seltsamer Anblick: drei leere schwarze Gruben. Sie erweckten eine dumpfe Furcht. Als die Deutschen bei den jüdischen Schneidern Uniformen und bei den Schustern Stiefel bestellten, beruhigten sich die Leute. »Sie können uns nichts tun«, sagten sie. »Sie brauchen uns, wir nähen ihnen die Uniformen und die Stiefel...«

Das Wetter war schön. Ganze Familien gingen in den Wäldern von Lopuchów spazieren. »Nun ja, es gibt da Gruben«, sagten sie. »Na und? Vermutlich zu strategischen Zwecken...«

An einem Sonntag im August, als die Bewohner der Stadt von ihren Ausflügen in den Wald und zu den Deichen an der Narew heimkehrten, erschien auf dem Marktplatz der Amtsdiener des Magistrats, schlug die Trommel und verlas die Verfügung:

»Morgen, sechs Uhr, haben sich alle Juden auf dem Hauptmarkt einzufinden...«

Tumult entstand.

Die Juden zogen zum Haus des Rabbiners. Aba Swiatycki, welcher fand, sein Gehalt sei zu hoch und niedrigeren Lohn verlangte, der es abgelehnt hatte, von der Gemeinde einen Mantel als Geschenk anzunehmen – Rabbi Aba dachte nach und sagte dann:

»Man muß hingehen, auf den Markt.«

Sie zogen zu Szmul, dem Schächter:

»Man muß hingehen...«

Sie zogen zu Josif Wasserträger, der ihnen mit dem Wasser auch die neuesten Nachrichten zustellte. Der sagte:

»Man muß dem Rabbi gehorchen.«

Sie bereiteten warme Kleider vor, packten ihre Sachen

in Rucksäcke und Bündel und fanden sich am nächsten Morgen, sechs Uhr, auf dem Marktplatz ein.

Die Deutschen begannen Namen zu verlesen.

Um sechs Uhr dreißig sagte Pessach Kapica, ein Gärtner, der Pferd und Wagen besaß und an Markttagen Gemüse und Obst verkaufte, leise zu seinem Sohn:

»Abram, lauf heim. Sieh nach, ob alles in Ordnung ist.«

Der Junge lief los.

Um sieben fuhren Motorräder und Lastwagen vor. SS umstellte den Platz. Frauen und Kinder dirigierten sie zu den Wagen, die Männer ließen sie zur Kolonne antreten.

An der Spitze standen die Musikanten: der Trompeter Daniel Dojcz, der Trommler Szmul Sokolowicz und der Geiger Eli Kawka.

Hinter den Musikanten mußten sich die bekanntesten Bürger plazieren: die Kaufleute Suraski und Choroszucha. Die Nachkommen jener anderen, aus historischer Zeit, die für den König, den Hetman und den Hochadel gearbeitet hatten.

Den Musikanten wurde befohlen, ein altes hebräisches Lied zu spielen.

Zu seinen Klängen setzte sich der Zug in Richtung Lopuchów in Bewegung.

Mit Maschinengewehrsalven mähten sie eintausendvierhundert Menschen nieder. In der Nacht schüttete die einheimische Bevölkerung die Toten zu. Am nächsten Morgen erschossen sie siebenhundert Menschen und füllten die zweite Grube. In die dritte Grube warfen sie jene, die geflüchtet waren und sich in der Umgebung versteckt gehalten hatten.

Die Geschichte der Tykociner Juden hatte ihr Ende gefunden.

6.

Abram Kapica sah daheim nach, ob alles in Ordnung war.

Es war alles in Ordnung.

Er wollte eben zum Marktplatz zurück, da hörte er das Knattern von Motorrädern.

Er versteckte sich im Gebüsch. Er vernahm Schreie, dann ein Lied, dann das Stampfen Tausender von Füßen, die sich in Richtung Süden entfernten.

Am Abend ging er nach Hause zurück. Die Eltern waren nicht da und nicht die Geschwister. Da waren die polnischen Nachbarn: eine Frau holte gerade die Kuh fort, ein Mann Pferd und Wagen. Die Frau hatte keinen Stall. Sie überlegte und ließ die Kuh über Nacht auf dem Hof der Kapicas.

Abram schlief ein, zugedeckt mit Stroh. In der Nacht kam die Nachbarin, um die Kuh zu melken. Der Junge bat um Milch. Die Frau reichte ihm einen Becher – einen alten Steingutbecher aus der Küche von Judyta Kapica, Abrams Mutter. Der Junge trank aus und bedankte sich von Herzen.

Im Morgengrauen verließ er mit Mosze Kawka, seinem Freund, und mit der Nachbarin Brejnda und deren Kind die Stadt.

Sie langten an einer Wegkreuzung an. Brejnda blieb stehen.

»Wir dürfen nicht zusammenbleiben«, sagte sie. »Wir gehen nach rechts, ihr geht nach links. Es ist besser so…«

Brejnda und ihre Tochter nahmen den Weg nach rechts. Die beiden Jungen wandten sich nach links.

Im nahen Wald sagte der eine: »Wir brauchen Brot.«

Mosze ging nach rechts, Abram blieb. Vielleicht auch umgekehrt: Abram ging nach rechts...

Abram überlebte den Krieg.

Brejnda und ihre Tochter und Mosze Kawka liegen im Wald von Lopuchów, in der dritten Grube.

7.

Nach dem Stück über den Novemberaufstand rezitierten sie jiddische Volksdichtung. Dann spielten sie Scholem Alejchem und Isaac Bashevis Singer... Die Kostüme liehen sie nicht mehr vom Theater aus. Sie hatten sich selbst Gebetsschale, Kaftane und Westen mit Quasten genäht. Beherrschten die Zeremonie des Sabbat, die Geschichte von Purim und das Feiern von Pessach.

Ein Lehrer spielte die Rabbiner. (Unter den Kommunisten hatte er Russisch gelehrt, unter der Demokratie hatte er sich aufs Zäunebauen verlegt.)

Ein Zahntechniker, eingefleischter Junggeselle, spielte die mustergültigen jüdischen Familienväter.

Der Besitzer des Universalwarenladens, der auf einer deutschen Baustelle viel Geld gemacht hatte, spielte die historischen Gestalten: die Kaufleute der Stadt oder den Oheim der Königin Esther beim Purim-Fest.

Klempner, Bäcker, Lehrer und Krankenschwestern spielten die Nebenrollen.

8.

Der Oheim der Königin, der sich in Deutschland das moderne Bauen abgeguckt hat, hilft seinem Schwager, eine Fabrikhalle zu renovieren.

Dieser Schwager stand eines Tages am Straßenrand und aß ein Eis. Als er die erste Vanillekugel verspeist hatte, fuhr ein Auto vor. Ein Kollege stieg aus.

»Ich habe ein Problem«, sagte er. »Für Geld wäre ein Ding zu haben, mit dem man die Luft reinigen kann. Ich bin knapp bei Kasse...«

Der Schwager sah sich die Zeichnungen an und sagte:

»Ich steig da ein.«

Ein Jahr ist das her. Der Schwager hat ein Patent, Kunden und baut eine Halle. Bloß, weil er am Straßenrand stand, eines Tages, vor der Eisbude.

»Das war kein Zufall. Das war Schicksal. Wenn ich das Eis zehn Minuten früher gekauft hätte... Oder wenn ich schneller gegessen hätte... Oder wenn ich überhaupt nicht stehengeblieben wäre. Das war nicht Schicksal, das war was Höheres. Oder JEMAND Höheres...«

»Hast du dich dafür bedankt bei dem JEMAND?« fragt der Oheim der Königin.

»Ich revanchiere mich jeden Tag bei IHM«, sagt der Schwager. »Ich entpeste IHM die Luft. Ist das nichts?«

Der Oheim führt ihm hastig die Montage von Trockenputz vor und rennt aus der Halle.

»Ich will offen mit Ihnen sein«, keucht er unterwegs. »Bei den Kommunisten war mein Schwager Parteisekretär. Das Eis am Straßenrand hat ihn zum frommen Unternehmer gemacht. Wie bei Singer, oder nicht?«

»Bedien du weiter«, trägt er seiner Frau kurz angebunden im Laden auf. »Wir müssen ins Theater.«

Und sie eilen, er und der große Sohn, zu ihren allabendlichen jüdischen Inkarnationen. Zu Szlomo Suraski, dem reichen Kaufmann, und zu Herszele, dem frommen Jeschiwa-Schüler.

9.

»Einstmals, vor langer Zeit, als Tykocin eine berühmte Stadt war, als Floße den Fluß befuhren und Kaufleute aus aller Herren Länder ihre Waren auf dem Markt feilboten, lebten dort eine Hexe und ein Rabbi. Beide verstanden sie sich auf das Vollbringen von Wundern. Rabbi Lejb vollbrachte die seinen mit Hilfe göttlicher Kräfte, die Hexe die ihren mit Hilfe des Teufels…«

So wird die heutige Vorstellung beginnen. Und Dämonen, Teufelinnen, besonnene Jünglinge, sittsame Jungfrauen, eine Hexe, einen Rabbi wird es darin geben – wie eben bei Singer.

Im Hintergrund werden Häuser mit Veranden, mit Blumen stehen…

Ein Haus hinter der Bühne bewohnte der Kaufmann Abram Iser mit seiner Familie.

Jemand brachte sie um – nachts, kurz nach dem Einmarsch der Deutschen. Angeblich ein Schuldner, der das Geld nicht zurückgeben wollte. Er hatte einen jungen Helfer bei sich, zu zweit erschlugen sie mit Äxten die ganze Familie: den Kaufmann, seine Frau, Söhne und Enkel.

Nach den Schuldigen wurde nie gesucht.

Der Mann, den die Leute im Verdacht hatten, lebte ungeschoren, lebte, fing Fische in der Narew und machte Jagd auf Vögel. Als seine Frau krank wurde, kaufte er einen Sarg. Er zeigte ihr, wie stabil er war, nahm das Boot und fuhr zum Fischfang. Das Boot kenterte. Er bekam eine Lungenentzündung. Man legte ihn in den Sarg, den er für seine Frau gekauft hatte. Die Leute wunderten sich: Er hatte den Fluß gekannt, ein Leben hatte er auf ihm zugebracht, und der Fluß lohnte es ihm mit dem Tod...

Das Haus von Abram Iser hat, wie alle Häuser um den Marktplatz, der Schwager des letzten polnischen Königs gebaut. Der riß das Schloß Tykocin ab und verwandte die gotischen Ziegelsteine für die Keller. In den abgründigen gotischen Verliesen bewahren die Bewohner von heute ihr Eingemachtes auf: Kompotte, Marinaden, Marmeladen, Säfte, Soßen, Gelees, Pürees und Gärhefe ...

»Blut hat an den Wänden geklebt, wie wir hier rein sind nachm Krieg«, sagt die Frau, die in Abram Isers Haus wohnt. »Die Wände ham wir eingerissen, ham Balken hochgezogen und ham sie weiß angestrichen. Neulich war ein Jude hier, Abram Kapica. Der guckt sich überall um und meint: ›Acht haben sie erschlagen.‹ – Und mein Mann drauf: ›Nicht acht, Herr Kapica, sondern zwei...‹ – Und Kapica: ›Acht. Die Großeltern, die Eltern, die Kinder, sogar einen Säugling.‹ – Und mein Mann wieder: ›Erschlagen worden sind zwei alte Juden, Herr Kapica...‹ – Und Kapica: ›Ich weiß genau, wieviel es waren, ich hab sie nämlich begraben...‹«

10.

Sie trugen sie auf Brettern..., schrieb mir Abram Kapica in einem Brief aus Israel. Er hatte es skizziert: mehrere Bretter, wie zu einem Floß verbunden, und stangenartige Griffe an zwei Seiten.

Die Toten waren in weiße Leinentücher gehüllt.

Die ruderlosen Floße glitten über dem Marktplatz von Tykocin dahin...

Vorbei an dem Bach, in den die Juden vor Jom Kippur ihre Sünden warfen...

Vorbei an der Synagoge mit dem Amulett im Kronleuchter...

Man begrub sie in einem Gemeinschaftsgrab, es war das letzte rituelle jüdische Begräbnis in Tykocin.

11.

Im Gärtchen des Abram Iser, hinter der Bühne, steht die Maria von Lourdes. Im weißen Kleid, hellblauen Mantel. Sie öffnet die Hände in ratloser Gebärde, als sagte sie: »Was kann ich tun? Nichts... Gar nichts...«

Bernadette ist sie in der Grotte von Massabielle hell erschienen, mit blauen Augen.

Im Gärtchen des Abram Iser hat sie schwarzes Haar und schwarze Augen.

Vielleicht ist es besser, daß SIE nicht hier war während des Kriegs.

12.

Die Handlung schreitet zügig voran.

Die Hexe verliebt sich in den Rabbi, doch der Rabbi besitzt das Amulett. Er wird die böse Zauberin mühelos verjagen.

Die Hexe nimmt die Mädchen und die frommen Jünglinge gefangen, aber die sind im Besitz einer besonderen Kreide. Einen damit gezeichneten Kreis kann weder Mensch noch Tier überspringen.

Die Hexe wird in den Kreidekreis gebannt und schwört einen Eid, auf Nimmerwiedersehen zu verschwinden.

Das Brautpaar tritt unter den Baldachin.

Die Hochzeitsgäste rufen: »*Masel tow!* Gut Glück!«

13.

Hinter der Bühne, rechterhand, steht ein Holzhaus mit Veranda und Blumen.

Auf der Veranda saß ein kleines Mädchen.

Auf dem Marktplatz standen die polnischen Einwohner der Stadt, zusammengetrieben von den Deutschen.

Kurz zuvor hatte eine Frau, eine Jüdin mit arischen Papieren, der Kleinen kaum hörbar zugeflüstert:

»Lauf zu der Veranda hinüber. Setz dich dorthin...«

Das Mädchen saß in dem Umgang.

Von dort beobachtete es die Mutter, die versuchte, nicht zu ihm hinzuschauen.

Es beobachtete die Menschen, die die Deutschen zu den Lastwagen führten...

Der Marktplatz verwaiste.

Das Mädchen saß auf der Veranda. Es hatte ebenso schwarze Augen wie die Maria von Lourdes im Gärtchen des Abram Iser.

Aus den Kellern, dem Wald, aus Schlupfwinkeln kamen jene zurück, die der Razzia entgangen waren. Sie machten einen Bogen um das Haus rechterhand.

In dem Haus linkerhand, am Rande des Marktes, sagte der Lehrer zu seiner Frau:

»Dort auf der Veranda sitzt ein rabenschwarzes Kind.«

Die Frau des Lehrers ging nachsehen.

»Wahrhaftig, rabenschwarz.«

Eine Stunde später fragte sie:

»Soll ich jetzt gehen oder erst, wenn es dunkel wird?«

»Jetzt«, sagte der Lehrer. »Es starren sie sowieso alle an.«

»Wozu sie verstecken?« sagte er, als die zwei das Haus betraten. »Es haben sowieso alle gesehen, wie du sie von dort weggeholt hast...«[1]

14.

Die Bewohnerin des Hauses rechterhand:

»Die Kleine saß nicht den ganzen Tag auf der Veranda. Meine Großmutter hat die Tür aufgemacht und sie hereingelassen. Aus unserer Wohnung haben sie sie geholt.«

»Von der Veranda haben wir sie weggeholt. Weg von der verschlossenen Tür!«

»Aus der Wohnung!«

Die Leiterin des Museums[2] schenkt beiden Glauben. Der Frau aus dem Haus rechterhand, weil sie ehrbar ist. Dem Herrn aus dem Haus linkerhand, weil er ehrbar ist. Sie sind alle ehrbar, und man muß ihnen glauben.

Als sie nach dem Studium in die kleine Stadt zurückkam, zeigte ihr jemand das Haus des Kaufmanns Abram Iser.

Sie schritt rascher aus.

Ein solches Wissen wollte sie nicht.

Eine solche Welt wollte sie nicht.

Sie schuf ein Theater der glücklichen Zeit.

In der glücklichen Welt kehren die Juden nach Tykocin zurück. Kehren die Vögel an die Narew zurück. Unterliegt die Macht des Bösen im Kampf gegen das Gute.

15.

Wenn überm Marktplatz die Hitze nachläßt...

Wenn die Schauspieler die Bühne betreten...

Wenn die kleine Schar, der der Sinn nicht nach Trinken und nicht nach der Fernsehserie steht, in den Zuschauerreihen die Plätze einnimmt...

... wird auf dem Marktplatz ein Bus vorfahren.

Aussteigen werden junge Chassidim mit Käppchen. Polnische Jungen, die in einer anderen polnischen Stadt jüdische Gewänder anlegen und chassidische Lieder spielen.

Die Schauspieler werden als Juden verkleidet sein.

Die Zuschauer werden als Juden verkleidet sein.

Der Erzähler wird auf die Bühne treten, und er wird sagen:

»Vor langer, langer Zeit, als Tykocin eine große und reiche Stadt war, lebten einmal eine Hexe und ein Rabbi. Beide verstanden sich auf das Vollbringen von Wundern...«

Und der uralte Kampf des Guten gegen das Böse wird noch einmal beginnen.

Tykocin

---

1 Das Mädchen überlebte den Krieg. Sie ist Professorin für Physik in Amerika. Waclaw Bialowarczuk ist Gerechter unter den Völkern der Welt.

2 Die Leiterin des Museums, das in der alten Synagoge von Tykocin beherbergt ist, heißt Ewa Wroczynska.

Einige Zeit

1.

Er glitt den Hang abwärts, dann stürzte er plötzlich und bohrte sich in den Pulverschnee. Ich ging näher und streckte die Hand aus. Er rührte sich nicht. Um uns herum tummelten sich Skiläufer, bremsten nicht ab, sahen nicht zu uns her.

Ich rüttelte meinen Mann wach: »Krzysztof liegt im Schnee und kann nicht aufstehen.«

In der darauffolgenden Nacht lag er noch immer an der Stelle. Skiläufer fuhren an uns vorbei...

Ich rüttelte meinen Mann wach: »Er hat gar nicht die Absicht, sich zu erheben...«

2.

»Liebste Hania,

kein Wunder, daß Du nicht besonders von mir träumst, ich fühle mich auch so... Als Deine Karte ankam, war ich schon im Krankenhaus... In zwei Tagen geh ich wieder rein. Sie stochern mir mit einem Draht im Herzen herum, und ich darf über Monitore dabei zusehen und entzückt sein, wie perfekt sie stochern... Was hast Du in dem idiotischen Amerika verloren? Dein Englisch konntest

Du auch in der Konversation mit mir aufbessern. Ich umarme Dich, noch am Leben, *still alive*, Krzysztof«

3.

Einige Zeit zuvor hatte er mir erklärt, weshalb ich es bleibenlassen sollte, über die Juden zu schreiben.

»Das Judentum setzt Tragik voraus... Welches Ausmaß sie auch hat, die Tragödie überrascht uns nicht, denn eben das ist es, was wir vom Judentum erwarten. Erhebt sich nur die Frage: Wie kommt es zur Tragödie? Die Antwort darauf ist interessant, und sie befriedigt zugleich unsere Vorstellung von der Unheimlichkeit, Zufälligkeit oder gar Erhabenheit der Tragödie. Trauer, Wehmut, krasse Ungerechtigkeit wohnen dem Judentum inne, und man wird kaum überrascht sein von einer unverhofften Wendung...«

Darauf:

»...Schluß mit dem Blödsinn und Geseich. Ich weiß, du mußt das machen, und recht hast du...«

Vor der Operation wählte er Bücher aus, die er danach lesen wollte.

»Weißt du, was mir passiert?« wunderte er sich am Telefon. »Ich nehme ein Buch zur Hand, schlage es auf, und es geht – um Juden. Ich nehme das nächste – um Juden. Was immer ich aufschlage...«

»Sag nicht in einer Tour ›um Juden‹, ›um Juden‹. Sags kürzer: ›um J...‹. Ich errate dann schon, was du meinst.«

»Was immer ich aufschlage, es geht – um J... Ich nehm den Camus her, denke so bei mir: der, na, bei dem gehts bestimmt um Frankreich oder um Algerien. Ich schlage auf – und was, glaubst du, finde ich?«

»J.?!«

»Stimmt.

›Eine junge deportierte Jüdin ist der Lager-SS zu Willen. Sie kommt zurück. Wird Schauspielerin, weil sie die frappierende Kraft des Absurden in sich trägt...‹

›1940 begegnet Maillol einem jüdischen Maler aus Rumänien...‹

Soll ich weiterlesen?«

»Nicht nötig.«

Am nächsten Tag rief er wieder an:

»Wir müssen ihnen etwas getan haben, daß wir so oft an sie denken. Nicht wir – die Polen. Das ist keine jüdisch-polnische Angelegenheit. Wir Christen müssen ihnen was getan haben.«

4.

Einige Zeit zuvor hatte er mich um eine Geschichte für seinen Dekalog gebeten, über das »Falsch Zeugnis Reden«.

Natürlich erzählte ich ihm etwas über J...

Ein kleines Mädchen, das ich recht gut gekannt hatte, hielt sich auf der arischen Seite versteckt. Die Leute, bei denen es künftig wohnen sollte, hatten sich eines ausbedungen: den Taufschein. Keinen falschen, auf dem Schwarzmarkt gekauften. Den echten Schein über die echte Taufe eben dieses Mädchens.

Die Mutter bat polnische Freunde, die ihr schon oft geholfen hatten, um Hilfe. Sie waren Aussiedler aus Pommern und kannten in Warschau keinen Priester. Sie erfanden eine Geschichte über das Mädchen, das nicht schon im frühen Kindesalter getauft worden war, erzählten sie in der Pfarrkirche dem fremden Priester und vereinbarten einen Termin.

Sie würden die Taufpaten sein.

Das Mädchen ging mit seiner Mutter zu ihnen.

Es war ängstlich und angespannt. Es ging durch die Straßen... Mit diesen Augen, ging am hellichten Tag, bei Sonnenschein, durch die Stadt! Jetzt sollte es in der Kirche auf die Fragen des fremden Priesters antworten.

Die »Taufpaten« standen vor dem großen runden Tisch im Eßzimmer.

Die Mutter rückte dem Mädchen die Schleife in den Zöpfen zurecht, die am Tag zuvor notdürftig gelbgebleicht worden waren.

»Müssen wir nicht los?« fragte sie.

Die »Taufpaten« standen weiter da.

»Wir können es nicht tun«, sagte die Frau. »Wir können nicht lügen, in der Kirche, im Angesicht Gottes. Jedes Wort von uns wäre gelogen. Wir sind religiöse, gläubige Menschen, Sie müssen uns verstehen.«

Die Mutter nickte gefaßt und verständnisvoll: Sie waren religiöse, gläubige Menschen, sie konnten nicht lügen im Angesicht Gottes.

Sie verabschiedeten sich. Vor dem Haus blieb die Mutter stehen. Sie stand und stand – wortlos. Passanten gingen vorüber. Das Kind wurde unruhig:

»Komm schon.«

Sie durften nicht so dastehen, im Sonnenlicht, bei Tage, unter so vielen Leuten.

»Na, komm.«

»Wohin?« fragte die Mutter...

»Und weiter?« fragte Krzysztof.

»Ich weiß nicht. Sicherlich sind sie irgendwohin gegangen. Sicherlich zu guten Menschen, da sie den Krieg überlebt haben.«

»Und warum haben die Paten es sich anders überlegt?«

»Weil sie kein Falsch Zeugnis Reden wollten.«

»Sei nicht albern!«

»Ich kenne das Mädchen. Es war, wie ich sage.«

Er schrieb das Drehbuch zu *Dekalog VIII*. Eine Jüdin kommt nach Jahren zu Besuch aus Amerika. Sie erinnert die verhinderte »Taufpatin«, die inzwischen Professorin für Ethik ist, an ihre gemeinsame Kriegsgeschichte. Bei der Gelegenheit erfährt sie, warum die es sich damals anders überlegt hat. Der Ort, an dem sich das Mädchen mit dem Taufschein einfinden sollte, war verdächtig, durch einen Gestapoagenten hätte die Organisation auffliegen können – und so weiter.

»Einen Scheißdreck hätte sie«, lautete mein Kommentar zu dem Drehbuch. »Es gab keinen Verdacht. Es gab keine Agenten. Die Leute schickten ein jüdisches Kind auf die Straße – ohne Taufschein, ohne Adresse, mit schwarzen Augen, mit gräßlich gelbgefärbten Haaren. Anständige, mutige Leute, die nicht lügen wollten im Angesicht Gottes.«

»Da muß noch etwas gewesen sein, du weißt es bloß nicht.«

»Es war nichts.«

»Da war noch was.«

»Es war nichts! Aber schreib du ruhig, was dir Spaß macht. Bloß komm mir hinterher nicht und frag, was ›wir Christen diesen J. getan haben...‹.«

Unsinn.

So kann ich das Gespräch zur Zeit des *Dekalogs* gar nicht beendet haben.

»Wir müssen ihnen was getan haben…«, hatte er zwei, drei Tage vor seiner Herzoperation gesagt.

5.

»Weißt du nicht einen edlen Kommunisten?« hatte er einige Zeit zuvor gefragt.

Er saß am Drehbuch zu *Der Zufall.* Der Held schmeißt sein Medizinstudium, setzt sich in einen Zug und trifft einen Kommunisten. Der Kommunist erweckt Sympathie und Vertrauen, muß also wirklich edel sein.

Allerdings wußte ich einen. Szczesny hieß er. Aus guter Grundbesitzerfamilie, sensibel für das Unrecht dieser Welt und seit dem Aufstand verliebt in eine schöne Melderin von der AK. Der Mann der Melderin wird gleich nach dem Krieg verhaftet. Szczesny ist mitfühlend, nimmt sich ihrer an, und ein Jahr später zieht er zu ihr. Nun wiederum wird Szczesny verhaftet. Er gehört zu den am schlimmsten gefolterten Häftlingen in der Rakowiecka-Straße. Die Frau wartet auf beide, auf ihren Mann, den Spitzel, und auf den Geliebten mit der »Rechtsabweichung«. Als erster kommt der Mann heraus. Szczesny wird entlassen, als sie schon das zweite Kind haben – mit losgeschlagenen Nieren und Fersen, im Herzen die Sehnsucht nach der goldhaarigen Melderin und den unversehrten Glauben an den Sozialismus. Ein paar Jahre später stirbt er. Zu Grabe getragen wird er unterm Geleit der Ehrenkompanie. Soldaten tragen seine Orden auf kleinen roten Samtkissen. Auf einem ruht das Kreuz Virtuti Militari, das Bor Komorowski Szczesny, dem Soldaten der AL, für die Erstürmung der YMCA im Warschauer Aufstand verliehen hat.

»Darf's der sein?« beendete ich meine Geschichte vom edlen Kommunisten.

»Phantastisch!« Krzysztof freute sich. »Genau der hat uns gefehlt.«

Fortan hieß Szczesny ziemlich sonderbar: Werner. Er lebte noch, war also alt, ergraut, hatte die Züge von Tadeusz Lomnicki und monologisierte gern. Irgendwelchen Studenten erzählte er von seiner Hoffnung, die Welt klüger einzurichten, und von seiner Bitterkeit – weil die Hoffnung auf die Klugheit der Welt in immer weitere Ferne rücke. »Eines kann ich euch versichern«, sagte Werner, »ein Leben ohne diese Bitterkeit und ohne diese Hoffnung wäre ein jämmerliches Leben...« Dem Helden des Films erzählte er von den Händen der Melderin: häßlichen Händen mit dicken weißen Fingern. »Als ich dann bei ihr wohnte, versteckte sie die Hände vor mir, denn sie waren häßlich und trugen den Ring des Spitzels. Wenn sie ihn eingesperrt haben, muß er ein Spitzel gewesen sein, hab ich ihr ein Jahr lang zu erklären versucht, bis sie mir endlich glaubte...«

Den verwandelten Szczesny, mitsamt dem Namen Werner und den Monologen, »knöpfte« ich Krzysztof »ab« und verpflanzte ihn in *Die Untermieterin*.

6.

Am ersten Tag des Kriegszustands rannte er ins Studio. Er legte das Band auf dem Schneidetisch ein und drückte die Taste.

Auf der Leinwand erschien Werner, der edle Kommunist. Er war alt und grau, obwohl es ihm nie vergönnt gewesen war, zu ergrauen und alt zu werden, und begann

Krzysztof zu erklären, man könne die Welt klüger einrichten.

Krzysztof ließ den Film durchlaufen, ordnete die Rollen, verschloß sie in Blechbehältern und trug sie ins Auto. Jahrelang lagen sie bei der Filmgruppe »Tor« – diskret in der Ecke, hinter dem Kleiderständer mit den Mänteln. Von Zeit zu Zeit stolperte einer darüber oder stieß sie aus Versehen um. Dann ordnete Krzysztof sie sorgfältig und richtete den kleinen Stapel wieder auf.

7.

Krzysztof über den Schluß der *Untermieterin*, an der ich damals schrieb:

»... er sollte etwas metaphysisch sein, sollte sich, bei aller Realität der Situation, leicht über diese Realität erheben. Ich weiß nicht, ob du Passers Film *Intime Beleuchtung* gesehen hast, ein sehr schöner und langweiliger Film über das Leben. Am Schluß finden sich die Helden auf der Veranda zusammen, um Eierlikör zu trinken. Irgendwer hat den vorher hergestellt – hausgemachter Eierlikör also. Die Gläser sind schon vollgeschenkt, und die Versammelten bringen einen Toast aus. Sie heben die Gläser, aber der Eierlikör ist, wie wir merken, dick und will nicht fließen. Sie stehen längere Zeit so da, die Köpfe hintenübergelegt, und schütteln die Gläser. Zuerst ist das komisch, dann, als sich die Sache hinzieht und länger dauert als sie in Wahrheit dauern könnte, nicht mehr. Und so endet das – mit diesem Bild. Sie erstarren, in Erwartung des Tropfens. So etwas brauchst Du für die *Untermieterin*. Die Helden haben am Sonntagmorgen alle vor dem Palast zu erscheinen... Es ist schweinekalt, die Tür zum Theater verschlossen, auf der Treppe Wind... Als es schließlich so kalt ist, daß sie sich aufwärmen, also gehen müßten, rühren sich unsere Helden nicht vom Fleck. Jeder von ihnen hat, wie im Traum, das Gefühl, er bekäme die Füße nicht von den Marmorstufen los. Vielleicht sind sie vor Kälte abgestorben. Vielleicht kommt es auch jedem kurz so vor, als schlafe und träume er. Als Artur endlich das Bein hebt, zeigt sich, daß es sich gehorsam hinstellen läßt, wohin er will. Es ist also kein Traum, nein... Vielleicht muß man sie so belassen – wie jeder versucht, einen Schritt zu tun, und er gelingt. Symbol, Metapher, nenn' es, wie Du magst, aber irgendwie so müßten die Schindeln auf diesem soliden Haus angeordnet sein. Ich grüße Dich herzl. K.«

8.

Einige Zeit zuvor hatte er im Zug gestanden, im letzten Wagen, auf dem Bahnhof in Lódz. Ein Mönch kam den Bahnsteig entlanggerannt. Als er den Zug erreichte, schlugen die Türen zu. Ein paar Sekunden schauten sie einander durch die schmutzige Scheibe an. Er sah das bleiche Gesicht des Mannes im braunen Habit und die Hände, die hilflos die Tür berührten. Mehr war nicht passiert – irgendein Mönch hatte den Zug verpaßt, aber Krzysztof empfand mit einem Mal untröstlichen Schmerz. Immer wenn ihn später ähnliche Gefühle – Mitleid, Rührung, Trauer – überkamen, sollte er sie mit jenem herzzerreißenden Schmerz vergleichen, der ihn damals beim Anblick des Gesichts vor dem Fenster erfüllte.

9.

Einige Zeit zuvor waren wir in *Der Traum von der Unschuld* im Alten Theater gewesen. Nach der Vorstellung gingen wir zu dritt – Krzysztof, Jerzy Stuhr und ich – zu Abend essen. Dann machten wir einen Spaziergang. Dann ergab es sich, daß wir wieder an einem Tisch saßen: im Restaurant des Krakauer Hauptbahnhofs. In der Vorstellung hatten die Schauspieler den Zuschauern alte Fotos von ihren eigenen Familien gezeigt, und so plauderten auch wir über unsere Großeltern. Stuhr begann. Sein Großvater war Wiener gewesen, Justitiar der Jagiellonischen Universität. Zusammen mit den Professoren war er nach Auschwitz geschafft worden. Als sich zeigte, daß er Österreicher war, entschuldigte sich der Kommandant persönlich und teilte ihm mit, er sei frei. Darauf der Großvater: »Das ist ein Irrtum. Ich bin Pole, ich bleibe bei den anderen.« Und Oskar Stuhr, in dessen Vaterhaus deutsch gesprochen worden war, blieb auf eigenen Entschluß, auf eigenen Willen in Auschwitz.

»So einer war mein Großvater«, schloß Jurek, sichtlich gerührt. »Das war der Anfang des Polentums in meiner Familie.«

Auch wir waren gerührt. Wir schwiegen eine geraume Weile, schließlich unterbrach Oskar Stuhrs Enkelsohn unsere traurige Besinnlichkeit.

»Und du...?« Er sah Krzysztof fragend an. »Dein Großvater?«

»Meiner?« Krzysztof zögerte kurz. »Meiner hat Scheißhäuser gebaut.«

An unserm Tisch im Bahnhofsrestaurant machte sich leichte Bestürzung breit. Neben dem Großvater, der sich entschied, Pole in Auschwitz zu sein, nahm sich ein Erbauer von Scheißhäusern nicht sonderlich vorteilhaft aus.

Geistesgegenwärtig sprang Jurek dem Freund bei:

»War er Tischler? Zimmermann?«

Die Stuhrs, wiewohl Anwälte, schätzten schließlich das redliche Handwerk, und Jurek suchte ihm das auf die Weise zu versichern. Leider war Krzysztof nicht gewappnet für soviel demokratische, brüderliche Herzlichkeit. Er wartete ein Weilchen ab und sagte:

»Zimmermann? Wieso Zimmermann?

Premier ist er gewesen. Slawoj-Skladkowski* hieß er.«

Wir verließen das Lokal im Morgengrauen. Ich fuhr nach Warschau zurück und begann *Die Untermieterin* zu schreiben:

»Mein Freund...

den ganzen Tag schon liege ich auf meiner Yogamatratze und denke nach über die gestrige Nacht, die ich in Ihrer Gesellschaft mit Betrachtungen über die Großväter verbrachte...«

10.

Einige Zeit zuvor, als er den *Amateur* drehte, war mir aufgefallen, daß man bei den Aufnahmen nie genau wußte, wer spielte und wer zum technischen Stab gehörte. Bei Wajda gab es derlei Zweifel nicht. Niemand wäre auf die Idee gekommen, den Hauptdarsteller für den Hilfselektriker zu halten.

* Slawoj-Skladowski war von 1936-1939 letzter Premierminister Polens vor dem Krieg. Sein Einsatz für öffentliche Hygiene war sprichwörtlich.

»Alles bei dir ist farblos und gewöhnlich«, sagte ich zu ihm. »Du rechnest dir das als Verdienst an, weil das ›Leben pur‹ ist.«

Er hatte sich auf große Dramen inmitten kleiner Realien versteift.

»Bei Bergman«, pflegte er zu sagen, »gibt es keine kleinen Realien, aber es gibt große Gefühle. Bei mir gibt es keine großen Gefühle. Er liebt sie, und sie liebt ihn, aber sie liebt ihn nicht genug, als daß sie ihn nicht verlassen würde...«

Später machte er Filme, in denen es große Gefühle und keine kleinen Realien gab, und keiner konnte mehr den Hilfselektriker mit dem Schauspieler verwechseln.

In seiner neuen Filmwelt fühlte ich mich fremd.

»Meine Heldinnen sind klein, dick, umgeben von einer armseligen, erbärmlichen Szenerie, sie erinnern sich an häßliche Städte«, schrieb ich ihm als Widmung in *Tanz auf fremder Hochzeit.* »Bei Dir sind alle hübsch, sprechen französisch, komponieren wundervolle Musik und gebrauchen Wörter wie Europa und Strasbourg.«

Er antwortete mir auf einer Karte mit dem Aufdruck: *Bleu* de Krzysztof Kieslowski.

»Ich schreibe Dir auf einer Postkarte zurück, von der Du annehmen wirst, sie bedeutet Europa, Strasbourg..., noch dazu einer mit französischem Untertitel. Aber bevor Du das annimmst, schau Dir den Umschlag von *Tanz* an. Der junge Rózewicz hat da eine schöne dunkle Frau mit unglaublichen Augen gemalt – die weit schöner ist als die Binoche. Ja, und? Du weißt doch besser als ich, daß sich die Welt nicht in Schöne und Häßliche, ja nicht einmal in Schlanke und Dicke teilt. Im Tanz gibt es nur das Leiden, und die Schönen leiden ebensosehr wie die Häßlichen, vielleicht sogar mehr, weil sie es als ungerecht empfinden... Wichtig ist, auf der Seite derer zu stehen, die traurig sind. Hier – denke ich – tun wir beide genau das gleiche, wir sind mit ihnen. Das muß uns – vorerst – als Zeichen gemeinsamer Auffassungen (Verfassungen) reichen...«

11.

Einige Zeit zuvor hatte er den Aschenbecher vom Regal genommen, herumgewettert, es sei zuviel Milch im Kaffee, ein bißchen abgegossen, Pulver nachgenommen und sich an seinen Stammplatz verzogen, aufs Sofa.

Wenn ich von irgendwo zurückkam, setzte er sich auf das Sofa, und ich erzählte, was es Neues gab – in Toronto, Kock, Iowa oder Rio de Janeiro. Was es im Hof von Dorka in der Walowa-Straße gab und was bei der Jungfrau von Wlodzimierz Wolynski.

Wenn ich von nirgendwo herkam, erzählte ich alte, weniger wichtige Geschichten. Manchmal erzählte ich ihm von dem kleinen Mädchen, das ich recht gut gekannt hatte – dem aus Dekalog VIII. Meine Lieblingsgeschichte spielte auf der Wache der Blauen Polizei in der Jerozolimskie Allee, in der Nähe des Bahnhofs. Ein Schmalzownik hatte die Kleine hingebracht, und der Polizist hatte beschlossen zu prüfen, ob sie beten könne. »Sag uns den *Engel des Herrn* auf. Kannst du das?« Er war unrasiert, in dreckverklebten hohen Stiefeln, stopfte Hülsen mit Tabak voll und gähnte alle paar Worte, er hatte wohl seit dem vorigen Abend Dienst. Natürlich sagte sie: »Der Engel des Herrn brachte Maria die Botschaft, und sie empfing vom Heiligen Geist...« Sie war ja ein gelehriges fünfjähriges Mädchen.

Genug von der Kleinen, genug von den J... (Schließlich »überrascht uns die Tragödie nicht, welches Ausmaß sie auch hat«, den Leser aber gilt es immer von neuem zu überraschen.)

Er holte also den Aschenbecher, steckte sich eine Zigarette an und machte sich's auf dem Sofa bequem.

»Ein Mann taucht aus dem Dunkel«, hob er an. »Er sagt etwas. Ich habe keine Ahnung, wer er ist, sehe nur das Gesicht und verstehe die Worte nicht.«

»Eine hübsche Geschichte«, sagte er ein paar Tage später. »Der Mann ist tot...«

Dann stellte sich heraus, daß der Tote Rechtsanwalt ist, Krzysztof mußte folglich mit einem echten Rechtsanwalt über juristische Dinge gesprochen haben.

»Mach mich mit W. bekannt, du hast ihn interviewt.«

»Ich mach dich mit jemand anderem bekannt.«

»W. ist intelligent.«

»Hochintelligent, aber ich mach dich mit jemand anderem bekannt. Schreib dir den Namen auf: Piesiewicz. Telefon...«

Krzysztof beteuerte später, das sei ein andermal gewesen, bei dem Film über die Prozesse. Während des Kriegszustands lief er im Gericht herum, versuchte, einen Dokumentarfilm zu drehen. Mehrere Stunden lang zog ich mit ihm mit.

In einem Saal saßen sie zu Gericht über einen jungen schnauzbärtigen Mann in Nylonjacke, der angeklagt war, Steine gegen die Ordnungskräfte geworfen zu haben. Ein Zeuge in ZOMO-Uniform trat ein, ebenso schnauzbärtig und jung. Das Gericht fragte, ob er den Angeklagten erkenne.

»Ja.«

Wo er ihn gesehen habe.

»Weiß ich nicht.«

»Sie haben ihn doch festgenommen«, erinnerte ihn der Staatsanwalt.

»Aber ich weiß nicht, wo, im Traum oder in Wirklichkeit. Nach jedem Einsatz hab ich Träume«, erklärte der Soldat, »ich träum' den Einsatz weiter, bloß ist er dann noch schlimmer. Manchmal träum ich, ich mache von der Schußwaffe Gebrauch. Natürlich genau nach Vorschrift...«, fügte er rasch hinzu. »Manchmal träum ich, nach dem Schuß schlägt jemand mit dem Gesicht aufs Pflaster. Ich renne zu ihm ...«

Das Gericht unterbrach, dankte, der Zeuge verbeugte sich und verließ den Saal.

Wir erfuhren nie, was der Soldat tat, sobald er den Liegenden erreichte. Vermutlich drehte er ihn auf den Rücken. Sah sein Gesicht. Sah, es ist...

Krzysztof hatte den Soldaten nicht gefilmt, an dem Tag hatte er die Kamera nicht mit.

»Einen Traum hätte ich sowieso nicht gezeigt«, tröstete er sich halbherzig.

Kann sein, ich habe dieses: »Schreib dir den Namen auf: Piesiewicz« auch ein andermal gesagt, während der Prozesse.

Nach Jahren, als sie schon an den *Drei Farben* saßen, eröffnete mir Krzysztof, sie lüden mich zum Abendessen ein. Um sich zu revanchieren – weil ich sie miteinander bekannt gemacht habe.

»Den Platz darfst du dir aussuchen«, sagte er. »In Paris, bittesehr. Vielleicht in Rom... Wir gehen in die feinste Kneipe...«

Wir gingen nicht.

Sie waren in Paris, ich – in Berlin. Sie in Berlin, ich – in Rio.

Einige Zeit später, im März 1996, rief ich bei Krzysztof Piesiewicz an.

»Du weißt, daß eure Einladung noch aussteht, nicht?«

»Ich weiß.«

»Du weißt, daß ich nach wie vor auf dieses Abendessen warte. Nicht mit dir. Mit EUCH. Wir wollten zu dritt gehen, also, ich warte.«

Piesiewicz brach in Tränen aus, ich legte den Hörer auf.

Ich weiß, wohin wir gehen.

Nicht in eine Kneipe in Paris oder in Rom.

In eine Imbißstube.

So wie die Gewerkschafter zu ihren Quellen zurückkehren, zum Saal der Werft, so kehren wir zurück zur Imbißstube.

Zu den kleinen Realien und den farblosen Gesichtern.

In eine Welt ohne Fiktionen.

Ich hoffe, sie hören auf mich.

Soviel, zumindest, sind sie mir schuldig.

12.

Als sie den Sarg hinabließen, sagte Hochwürden Professor Tischner halblaut:

»Der Engel des Herrn...«

Sekundenlang herrschte Schweigen.

Pfarrer Seniuk, der ihm assistierte, sah wohl die Panik, die plötzliche Fassungslosigkeit in Tischners Augen, denn er hob allein an:

»Der Engel des Herrn brachte Maria die Botschaft...«, und die Leute fielen in das Gebet ein.

»Oho, Hochwürden«, wandte ich mich im stillen an den Professor. »Es stünde nicht besonders um Sie auf der Wache, in der Allee, in der Nähe des Bahnhofs.«

»Und du, lieber Krzysztof«, setzte ich hinzu, »erlaubst dir unangebrachte Scherze.«

Warschau

Über einige Personen und Ereignisse, von denen obenstehend die Rede ist, habe ich ausführlicher in *Die Untermieterin* und in *Tanz auf fremder Hochzeit* geschrieben.

Der Urenkel

1.

Sie wohnt in der Farna-Straße, mit dem Vater, im ersten Stock. Ein solides Haus, unverputzter roter Ziegel. Hundert Jahre später wird es in den Besitz von Chaja, ihrer Enkeltochter, übergehen. Chaja wird Motel, den Kaufmann, heiraten, der wird Zobelpelze aus Rußland einführen, reich werden und noch etliche andere solide Häuser kaufen, gleichfalls in der Farna-Straße. Die Pelze werden mit Mottenpulver bestreut werden. Hundertundfünfzig Jahre später wird sich Natan B., ihr Urenkel, Professor für Medizin, an den Geruch von Großvater Motel erinnern: eine Mischung aus Kölnisch Wasser, Mottenpulver und Pelzen.

Noch sind wir im neunzehnten Jahrhundert, der ersten Hälfte. Die Farna-Straße gibt es noch und auch das einstöckige Eckhaus. Sie wohnt mit dem Vater, die Mutter ist seit ein paar Jahren tot. Die Mutter hat sie spät geboren. Der Vater verlor schon die Geduld und dachte an Scheidung, aber die Mutter erbat sich eine letzte Chance. Sie begab sich nach Czarnobyl. Mordechaj, der Zaddik von Czarnobyl, segnete sie, und im Jahr darauf erblickte Chana Rachel das Licht der Welt.

Nach dem Tod der Mutter brachte sie Stunden auf dem Friedhof zu. Einmal kehrte sie in der Abenddämmerung heim, stolperte über einen Grabstein und stürzte. Man fand sie am nächsten Tag. Mehrere Wochen lag sie bewußtlos. (»Vermutlich mit einer Hirnhautentzündung«, wird hundertundfünfzig Jahre später der Urenkel, Professor für Medizin, sagen.)

Diesmal begab sich der Vater nach Czarnobyl.

»Geh nach Hause«, sagte der Zaddik. »Deine Chana Rachel ist gesund. Viel Freude und viel Kummer wird sie dir bereiten...«

Der Vater fand das Mädchen bei Bewußtsein, guter Dinge und fieberfrei.

Mit jedem Tag nahmen ihre Kräfte zu.

Als sie das Bett verließ, zeigte sich, daß sie den ganzen Pentateuch auswendig konnte.

2.

Sie sondert sich ab. Die Altersgefährtinnen erbosen sie. Sie meidet Gespräche, studiert die Schrift. Sie betet. Zum Gebet legt sie, wie die Männer, den Tallit an. Sie beginnt die Tora zu kommentieren, und ihre Auslegungen überraschen durch Originalität. Leute finden sich ein. Sie antwortet auf ihre Fragen, erteilt Ratschläge, vertreibt Dämonen. Jemand bittet sie, ihm das Gehör zurückzugeben. Sie zögert, unsicher berührt sie das Ohr des Kranken – ihre Hände sind zart, klein, die Finger rundlich, wie bei einem Kind –, und der Taube ruft aus: »Ich kann hören!« Es kommen mehr Kranke. Es kommen mehr Verirrte. Aus Wolhynien, Lublin, ja aus Lwów strömen sie herbei. Sie nennen sie Ludmere Mojd – die Jungfrau von Wlodzimierz. Ludmir ist der jiddische Name für Wlodzimierz Wolynski.

Die Wohnung in der Farna-Straße wird zu eng, der Vater baut ein Bethaus für sie in der Sokalska, nahe beim Haus. Dort hat sie eine Kammer, in der sie die Gläubigen empfängt und die Zeit mit Grübeln zubringt. Sie zermartert sich. Ist zunehmend blasser. Leidet an Kopfschmerzen. Sie ähnelt jenen inbrünstigen Geschöpfen, jenen sich im Gespräch mit Gott und im Flehen um ein Zeichen verzehrenden Jüdinnen, von denen die Welt hundert Jahre nach der Jungfrau von Wlodzimierz hören wird.

»Wenn wir im tiefsten Innern das Verlangen nach einer Botschaft fühlen, die etwas bedeutet, wenn wir nach Antwort schreien, und sie ist uns nicht beschieden, dann berühren wir das Schweigen Gottes« – wird eine von ihnen schreiben.[1]

Eine andere wird darum bitten, ihr Leben als Sühneopfer anzunehmen: auf daß Gott die Herrschaft Satans breche ohne neuen Krieg. »Ich möchte es heute noch«, wird sie ungeduldig anfügen, »weil es die zwölfte Stunde ist...«[2] Naives Geschöpf. Sie glaubt, Gott käme es auf sie allein an. Ihm, der auf einen Streich sechs Millionen haben kann. Eingerechnet Chaja, die Enkelin der Jungfrau von Wlodzimierz, Chajas Söhne, deren Frauen und Kinder, und alle übrigen Bewohner der Farna-Straße.

3.

Glücklicherweise sind wir noch im neunzehnten Jahrhundert.

Im Bethaus der Jungfrau von Wlodzimierz erscheint der Zaddik, Mordechaj aus Czarnobyl. Der nämliche, der ihre Mutter gesegnet und sie selbst ins Leben zurückgebracht hat. Es ist der Allerehrwürdigste unter den lebenden Zaddikim: der Meister der sechsunddreißig über den Erdball verstreuten Gerechten, dank derer die Welt besteht. Er ist es, der sich im Wald, auf einer einsamen Lichtung, mit dem Messias, dem Sohn Davids, trifft. Er soll ihm kundtun, wann die Zeit reif ist, wann er zu den Menschen kommen kann.

Der Zaddik von Czarnobyl bittet die Jungfrau von Wlodzimierz, ins gewöhnliche Leben zurückzukehren.

Er spricht von der Heiligkeit. Ein Mensch, der nach ihr trachtet, muß die Versuchung kennenlernen und die Sünde.

»Töte die menschlichen Leidenschaften nicht in dir ab«, endigt der Zaddik. »Lebe das Leben einer Frau. Falle und richte, gefallen, dich selbst und andere in Demut wieder auf...«

Chana Rachel verläßt die Abgeschiedenheit.

Sie nimmt den ersten unter den gelehrten und frommen Männern, die man ihr vorstellt.

Tritt mit ihm unter den Traubaldachin.

Sie schneiden ihr den hellen Zopf ab und setzen ihr die Perücke auf. Mit den kleinen, zarten Händen befühlt sie das storre Haar. Ohne einen Blick in den Spiegel begibt sie sich ins eheliche Schlafgemach.

Gegen Morgen wird sie wach.

Fassungslos und voll Entsetzen geht ihr auf, daß sie nichts weiß. Sie kann nicht Hebräisch. Erinnert sich nicht an die Schrift...

Sie vergißt die Pflicht des Sichaufrichtens in Demut und schreit vor Wut:

»Das also hast du dir ausgedacht? So also sieht dein Zeichen aus?!«

4.

Hundert Jahre später wird das Haus in der Farna-Straße in den Besitz von Chaja übergehen, die Motel, den Kaufmann, heiratet. Von der Jungfrau von Wlodzimierz wird sie ihren Kindern und Enkeln mit einer Mischung aus Furcht und Verehrung erzählen.

In der einstigen Wohnung von Chana Rachel wird sich ein Notar niederlassen. Im Parterre ist jetzt eine Apotheke. Die Frau des Apothekers, schwarzhaarig und schlank, wird als hübscheste Frau von ganz Wlodzimierz Wolynski angesehen werden. Eine der beiden Hübschesten, neben der Frau des Gymnasialdirektors.

Die Frau des Apothekers, zwanzig Jahre jünger als ihr Mann, verliebt sich in den Arzt vom Ort, einen ziemlich faden Blonden. Der Arzt verläßt sie wegen Cyla, Studentin der Rechte, Chajas Enkelin, Chana Rachels Urenkelin.

Cyla, die Urenkelin, verspürt keine Lust, sich in Heiligkeit zu üben. Mit einer Ungezwungenheit, die auf die Leute von Wlodzimierz herausfordernd wirkt, fährt sie mit dem neuen Bräutigam in der offenen Kutsche durch die ganze Stadt. An sommerlichen Samstagnachmittagen geht die Fahrt noch weiter, die Landstraße entlang, nach Uscilug. Sobald sie in den Kiefernwald einbiegen, zieht der Arzt, obwohl es heiß ist, das Verdeck hoch. Dabei entdeckt er Natan B., den künftigen Medizinprofessor. Der künftige Professor steht auf der Querstange, hinten, zwischen den Rädern. Erstens – schwärmt er für solche Fahrten. Zweitens – würde er gern wissen, was die Cousine Cyla auf den langen Touren treibt.

Leider scheucht ihn die Cousine rasch von der geliebten Stange.

Der künftige Professor wird nicht erfahren, was die beiden trieben – in der geschlossenen Kutsche, auf der Landstraße, eingehüllt in den Duft frischen Heus, Pferdekots und sonnenheißer Kiefern.

5.

Der letzte Sommer wird für die Bewohner der Farna-Straße ein ganz gewöhnlicher sein.

Mojzesz B., Cylas Vater, wird Vizebürgermeister und begibt sich jeden Morgen gewissenhaft ins Büro. Ein zweispänniger Phaeton vom Magistrat mit ukrainischem Kutscher fährt vor, um ihn abzuholen.

Cyla heiratet nach ihrer Trennung von dem Arzt einen Kommilitonen und nimmt ihn mit in ihre Heimatstadt. Sie brüstet sich mit dem Bethaus in der Sokalska: »Hast du von Ludmere Mojd gehört? Das war meine Urgroßmutter, Chana Rachel. Hier hat sie gebetet...« – An der Luga sagt sie: »Schau, wie langsam hier die Strömung ist. Man kann mühelos schwimmen, mit dem Strom oder flußaufwärts...« – Sie zeigt ihm die Wälder um Piatydnie, die Kiefern und die Haselbüsche an der Landstraße nach Uscilug: »Jeden Herbst sammelten wir Haselnüsse, Körbevoll brachten wir heim. Zu Neujahr tat Großmutter Chaja sie in den Kuchen, und zu Purim mahlte sie sie, mit Mohn und Honig...«

Marek B., Zahnarzt, Bruder des Vizebürgermeisters und Vater des künftigen Medizinprofessors, empfängt Patienten und spielt abends Préference mit anderen Herren. Mit dem Polizeikommissar, der in Katyn umkommen wird. Mit dem Grafen, der vor den sowjetischen Lagern flüchten wird. Mit dem Buchhändler, einem Ukrainer, der unter der Sowjetmacht *predsedatjel gorsowjeta** werden wird.

Otylia, die Frau des Zahnarztes, blättert in »Eva«, einer Zeitschrift für Damen. Aus familiären Gründen interessiert sie ein Gespräch mit einem modernen weiblichen Zaddik, der in Jerusalem lebt. Der Zaddik Sura Szlojmca will die jüdischen Frauen aufklären. Damit sie sich nicht länger rechtfertigen vor Gott wie die Urmutter Eva. Sie habe nicht gewußt, daß das Äpfelpflücken verboten war, beteuerte Eva vor dem Schöpfer. Ihr persönlich habe das keiner gesagt. »Laßt uns lernen«, schließt der weibliche Zaddik, »auf daß wir keine naiven Ausreden gebrauchen, wenn wir vor den Herrn treten...« Am Morgen betet Sura Szlojmca um die Ankunft des Messias. Dann empfängt sie Leidende. Teilt Kräuter an sie aus. Die schickt, direkt aus Przemysl ins Heilige Land, ihr Großvater.

Im Anschluß an die Lektüre widmet Otylia B. ihre Zeit dem Messerstecher Chaim. Chaim war der Schrecken der Stadt. Aber seit Natan B., Otylias Sohn, der spätere Medizinprofessor, die ertrinkende Dwojra, Chaims Schwester, aus dem Fluß gezogen hat, ist der Messerstecher sein bester Freund. Frau Otylia gewinnt ihn lieb und beginnt, ihn in Polnisch und in fremden Sprachen zu unterrichten. Ihr fällt auf, daß er begabt ist, weshalb er sich auf die Matura vorbereiten soll. Da dies der letzte Sommer sein wird, macht Chaim seine Matura nicht. Otylia B. erneuert nicht das Abonnement für die Damenzeitschrift »Eva« fürs nächste Jahr.

Das junge Volk verbringt den Sommer am Strand, an der Luga.

* Vorsitzender des Stadtsowjets

Sie leihen Boote aus bei Szloma, einem mächtigen Mann mit grauem, bis zur Brust reichendem Bart und der Stimme eines Propheten. Sie setzen ans andere Ufer über und wandern flußauf durch die Wiesen.

Bejbi, Rechtsaußen bei den »Amateuren«, tut sich mit Kopfsprüngen ins Wasser hervor. (Die »Amateure« werden diesen Sommer gegen den »Vorwärts« aus Janowa Dolina, ja gegen die »Schützen« aus Luck gewinnen.)

Raja, Tochter des Drogisten und Bejbis Verlobte, steht zu Aufnahmen Modell. »Darf ich?« fragt der Straßenphotograph. »Zwei Abzüge fünfzig Groszy.« – »Bittesehr«, sagt Raja lächelnd, zupft den Kostümausschnitt zurecht und zwinkert kokett mit den grünen Augen.

Der einsame, von Cyla verlassene Arzt versenkt sich in die Lektüre einer medizinischen Zeitschrift.

Natan B., der künftige Professor, streckt sich mit Taubcia, seiner Liebsten, der Tochter des Seidenwarenhändlers Ajzyk, auf der Decke aus.

Jojne, der Apothekergehilfe, singt den jüngsten Schlager:

Wenn Brasiliens Sonne brennt
Der Atlantik rauscht dezent
Und das Herz uns sehnend schlägt
Liebe und Leidenschaft sich regt…

Am Abend sitzen sie alle auf der Bank, vor der Eisbude. Sie kaufen sich jeder ein Glas Wasser mit Himbeersaft, das ist billiger als Eis, und unterhalten sich über ernsthafte Dinge.

Über die Juden: Wieder wurden welche irgendwo mit Rasierklingen verletzt.

Über den Krieg: Alle reden sie von ihm, sie aber glauben, es wird keinen geben.

Über die Welt: Ist sie gut, oder ist sie schlecht?

Über den Kommunismus: Er wird die Juden retten – vor den Rasierklingen, vor Kriegen und vor der schlechten Welt.

Der Weg der jungen Juden zum Kommunismus wird in der Farna-Straße seinen Anfang nehmen. In der Nachbarschaft von Chana Rachels Haus, vor dem Holzbüdchen mit Wasser und Eis.

Es ist der letzte Sommer vor dem Krieg, den Gott abzublasen sich nicht herbeiläßt. Trotz der inbrünstigen Bitten, das Sühneopfer anzunehmen.

6.

Im September wird die Rote Armee in Wlodzimierz Wolynski einmarschieren. Gleich darauf erscheinen Güterwaggons auf der Station. Mit jedem Tag werden es mehr. Sie stehen auf allen Nebengleisen.

In einer frostkalten Dezembernacht geht der erste Transport nach Osten ab. Es beginnt die Deportation der »Volksfeinde«. Es endet Natan B.s Glaube an die Ideale des Kommunismus. Es beginnt die Furcht vor dem Kommunismus.

7.

Natan B., der künftige Professor, wird nach Wlodzimierz Wolynski zurückkommen. Nach kurzem Aufenthalt in der Roten Armee. Nach einem Todesurteil wegen Sabotage, das in zehn Jahre umgewandelt worden ist. Nach Arbeitslagern in Kolyma.

Auf dem Bahnhof wird er in kyrillischen Buchstaben lesen: Wladimir Wolynski.

Er geht zur Farna-Straße, steht vor Großmutter Chajas und Großvater Motels Haus.

Stapel von Kartons türmen sich auf der Straße. Er sieht den Aufdruck NARODNOJE PROSWESCHTSCHENIJE. Die Volksbildung zieht in das Gebäude ein.

Er steigt nach oben. Die Wohnung der Großeltern ist offen und völlig leer. Keine Möbel, keine Gegenstände, nicht einmal Gerüche. Nicht nach Kölnisch Wasser, nicht nach Mottenpulver, nicht nach Pelzen.

Die Wohnung von Onkel Mojzesz, rechts, ist ausgeräumt.

Im Eßzimmer und im Schlafzimmer von Otylia und Marek, den Eltern, sieht er fremde Leute an fremden Schreibtischen. Aus dem väterlichen Arbeitszimmer dringt lautes Pochen. Er öffnet die Tür einen Spaltbreit. Sieht einen jungen Mann auf einer Leiter, der einen Hammer und ein Bild hält. Auf dem Bild sieht er ein reifes Kornfeld. Durch das Kornfeld schreitet Stalin, zwei Kinder an der Hand, ein Mädchen und einen Jungen. Hinter Stalin Traktoren, weiter ab Baukräne und neue Häuser. Jenseits der Häuser scheint die Sonne. Die Sonne sendet nach allen Seiten lange goldene Strahlen aus.

Der junge Mann rückt das Bild gerade und fragt, zu ihm gewandt:

»Wy kto?«

»Ja?« Natan B. überlegt. *»Ja nikto... Ja tak prosto...«**

Dreht sich um, tritt auf die Straße und geht davon.

* russ.: Wer sind Sie? – Ich? Niemand... Ich bin bloß grad...

8.

Er geht in Richtung Luga.

Ohne einzuhalten, läßt er die Stelle hinter sich, wo der bärtige Szloma seine Boote vertäute.

Er geht flußaufwärts, läßt sich auf einem Baumstamm nieder, dem Strand gegenüber.

Der Strand ist nicht mehr da. Das Ufer ist zugewachsen mit Schilf und Büschen.

Er sucht die überwucherten Höhen und das Ufer mit den Augen ab, doch er erspäht niemanden. Raja nicht und nicht Bejbi. Dwojra nicht und nicht Chaim Messerstecher. Jojne nicht und nicht den Photographen mit der Leica. Den Arzt nicht und nicht den Apotheker oder dessen Frau. Die Eltern nicht und nicht seinen Onkel, den Vizebürgermeister. Seine Cousine Cyla nicht und nicht Rachelka, seine siebzehnjährige Schwester. Taubcia nicht und nicht die Jungen vor der Bude.

Und er wird wissen, wo sie sind. In Piatydnie, an der Landstraße nach Uscilug.

Alle.

Zusammen, in einer Grube, im Kiefernwald, gleich bei den Haselbüschen. Von wo sie jeden Herbst Weidenkörbe voller Nüsse für Großmutter Chaja holten.

Alle.

Trotzdem sitzt er da und starrt hinüber zum anderen Ufer. Als es dämmert, geht er zurück zum Bahnhof. Im Zug nickt er ein, und er vernimmt eine Stimme, die er für den Rest seines Lebens wieder und wieder in seinen Träumen hören wird:

»Geh nicht dorthin. Da ist kein Fluß mehr.«

9.

Er hört auf, Natan zu sein. Den Natan läßt er an der Luga zurück, dem Fluß, den es nicht mehr gibt. Von nun an ist er Janusz B. Er absolviert ein Medizinstudium und beginnt, die Nachlässigkeiten des Herrgotts zu korrigieren.

Der Herrgott macht Menschen, und dabei kommt es vor, daß er sich in Gedanken verliert, sich quält, sich langweilt oder einfach Lust hat, sich mal die Beine zu vertreten. Dann wird ein Mensch unfertig geboren: ohne Nase, Ohr, Wange oder Lippen. Janusz B. muß ihn fertigstellen. Er entnimmt Knorpel aus den Rippen, der sechsten und der siebten, dort findet man am meisten. Die Haut nimmt er von Stirn und Bauch. Aus Haut und Knorpel bildet er den fehlenden Teil und näht ihn an. Er kümmert sich um gaumenlose Säuglinge. Ihr Gewebe betrachtet er als Baustoff, den er neu zu formen hat. Die Nasen, Ohren und Gaumen werden glauben, daß sie echt sind, sie werden wirklich wachsen und Entstellte glücklich machen. Ihre Fotos erscheinen in den Chirurgielehrbüchern. Eine amerikanische Klinik betraut den Professor mit einem Lehrstuhl. Amerikanische Studenten schauen gebannt auf seine Hände: die zart sind, klein, mit rundlichen Fingern, wie bei einem Kind.

10.

In einer kleinen ruhigen Stadt in den Mittleren Staaten wird er sich niederlassen. Wird alt werden und beginnen, sein Leben aufzuschreiben: Kolyma, die Medizin und Wlodzimierz Wolynski. An der Seite seiner energischen, optimistischen amerikanischen Frau. Eine Autostunde weit vom Mississippi-Fluß.

»Apples are so sweet...« Die Frau bringt Obst in den Salon und versucht mit weißblitzendem, ermunternden Lächeln die Süße der Äpfel auszudrücken. *»So sweet...«*, und er wird die Süße der Klaräpfel aus dem heimatlichen Garten schmecken. Die Klaräpfel aßen sie gleich, die Goldparmänen und die Grauen Reinetten legten sie in Kisten und streuten Stroh dazwischen. Von Zeit zu Zeit öffneten sie die Kisten und lasen die schlechten Früchte aus. Der Duft der Äpfel hielt sich den ganzen Winter über im Haus.

(Beide Gerüche, der des Großvaters und der des elterlichen Hauses, verbinden sich zu einer seltsamen Mischung aus Pelzen, Kölnisch Wasser und fermentierenden Früchten. Im Salon der Professorenvilla. Eine Stunde weit vom Mississippi.)

Die Bedeutsamkeit der unbedeutenden Dinge – der Gerüche, der Gesichter der Freunde aus der Farna-Straße, des Festtagskleids von Großmutter Chaja, das aus Samt war, dunkelblau, mit einem Guipure-Kragen... – geht ihm auf, als er die Gedichte des Professors für englische Literatur hört, seines Freundes und Patienten.

Der Freund, der von Juden aus Warschau und Sosnowiec abstammt, hat die Eltern nie nach jener Welt befragt, aus der sie kamen. Nach jener alten, verschwundenen Zivilisation. Er lebte für seine Liebe, die größtenteils unglücklich war, und schrieb über sie lange Gedichte, die keiner braucht.

Als die Eltern tot waren, begann er Gedichte über die nicht gestellten Fragen zu schreiben. Er fragte nach der Straße, dem Haus gegenüber, den Gesichtern der Nachbarn und dem Kleid der Großmutter. »Mama…, sprich mir nicht von wichtigen Dingen, erzähl mir von den kleinen…« [3]

Der Freund, der nicht rechtzeitig gefragt hat, wird mit Kieferkrebs in Janusz B.s Klinik liegen, an den Abenden werden sie Bänder mit jiddischen Liedern hören. Der Freund erzählt von seinem Vater aus Sosnowiec, der nicht einen einzigen Tag in seiner Wirkwarenfabrik im Londoner East End ausgelassen hat. Nicht einmal für den eigenen Tod hat er sich freigenommen, er ist im Urlaub gestorben. Er liest ein Gedicht über seine letzten Worte vor. Sie lauteten: *»Oj wej…«* Was, in englischer Umschrift, die Form *oy vay* annimmt. Professor B. stellt Überlegungen an, ob das *oy vay* wirklich noch der Seufzer eines Juden aus Sosnowiec ist.

»Die amerikanischen Juden sind Amerikaner«, schließt der Freund, der vom Krebs geheilt ist. »Amerikaner bin ich nicht. Ich bin nicht Engländer, obwohl ich Cambridge abgeschlossen habe. Ich hatte gehofft, mich in Sosnowiec als polnischer Jude zu fühlen. Ich fühlte mich nicht. Es sieht so aus, als seien die Gedichte über die nicht gestellten Fragen meine Heimat.«

Das Gespräch über die unbedeutenden Dinge unterbricht ein dumpfer Schlag. Ein Schlag gegen die Wand, die den Raum vom Garten trennt und ganz aus Glas ist. Ein Vogel mit blauen Flügeln ist dagegengeprallt, groß, aufreizend schön. Er hat das durchsichtige Glas für Luft gehalten, jetzt sinkt er mit geschlossenen Augen zu Boden.

»Er hat das Bewußtsein verloren«, lautet Professor B.s Diagnose. »Man muß ihn in Frieden lassen.«

Er macht sich lustig über den Gedanken, jemand könnte ihm den Vogel gesandt haben.

Er glaubt nicht an Zeichen, Vögel als Sendboten und nicht an eine Seele.

»Die Seele, die unser Denken, Handeln, unser Gewissen und unsere Liebe ausmacht, stirbt mit uns«, wird er in seinem Buch schreiben.

Ludmere Mojd hätte keine Freude an ihm: dem Urenkel, der nicht an die Seele glaubt.

Dafür glaubt er an Kolyma und an Piatydnie.

Und an die Gene, die Hände von vor hundertundfünfzig Jahren weitervererben.

Er bemerkt als erster, daß sich ein blauer Flügel bewegt und der Vogel vor der Scheibe die Augen öffnet.

Ohne Bedauern sieht er dem Davonfliegenden nach.

»Ein Räuber, ein *blue jay*. Wahrscheinlich hatte er es auf ein Eichhörnchen abgesehen. Er wird es noch heute erbeuten, zum verspäteten Abendmahl.«

Iowa City

---

1 Simone Weil, Zeszyty. Wybór pism, Paris 1958
2 Edith Stein, Selbstbildnis in Briefen. Zweiter Teil 1934-1942, Freiburg 1977
3 Daniel Weissbort, Inscription, New York 1993

Andere Geschichten

1. Die Millimeter

Ich hatte mir in den Kalender geschrieben: mich bei Fr. Krall für das Buch bedanken – und es sofort wieder vergessen. Ein paar Wochen vergingen, ich wache morgens auf und denke: Augenblicklich rufst du an.

Ihre Stimme gefiel mir nicht.

»Frau Krall, Ihre Stimme gefällt mir nicht, was ist los mit Ihnen?«

Und Sie gaben mir zur Antwort:

»Nichts weiter, ich muß morgen zur Untersuchung in die Onkologie.«

»Um welchen Körperteil handelt es sich?« fragte ich. »Jawohl, ich muß das wissen. Ein Rabbiner muß alles wissen.

Die Brust, aha. Und welche Brust, die rechte oder die linke?«

»Ist Ihnen das nicht einerlei?« fragten Sie.

»Ist es nicht, und ich erklär Ihnen gleich, wieso.«

Ich war einmal beim Zaddik von Lubawicze, ich bat ihn, für Szulamit, meine Cousine, zu beten. Sie sollte am nächsten Tag an der Brust operiert werden, und der Zaddik fragte: an der linken oder an der rechten? Daher weiß ich, daß man für die konkrete Brust beten muß, und nicht nur allgemein.

Als ich dann wußte, um welche Brust es bei Ihnen geht und um wieviel von diesen verdächtigen Millimetern, hängte ich ein und nahm mir die Psalmen vor.

Ich schlug das Buch auf, ohne hinzusehen.

Das tue ich oft. Ich wähle die Worte nicht aus, mag die Schrift selbst entscheiden, in welchen Worten ich beten soll.

Ich schlage sie auf und beginne zu lesen. Ich lese ein paar Sätze und spüre, die Schrift spricht: »Mach dir keine Sorgen, es passiert ihr nichts.«

Die Schrift spricht immer zu uns, man muß nur Ohren dafür haben.

Ich denke: aber die Veränderung ist doch ziemlich groß, acht Millimeter...

Ich schlug die Psalmen an einer anderen Stelle auf und betete von neuem. Und wieder höre ich: »Chaskiel[1], der Frau passiert nichts, mach dir keine Sorgen.«

Sie wundern sich, daß die Schrift zu uns spricht?

Ich versichere Ihnen, sie spricht. Vielleicht hören Sie nur nicht genau genug hin.

Sie wundern sich, daß sie am nächsten Tag nicht einen einzigen bösartigen Millimeter fanden?

Ich habe Sie doch gleich angerufen:

»Frau Krall, ich weiß, es ist alles in Ordnung bei Ihnen.«

2. Edna

Ich habe vom Zaddik von Lubawicze gesprochen...

Das bringt mich auf eine andere Geschichte: die von Edna, meiner Cousine.

Sie war sehr schön. Sie war mit Roza, meiner Schwester, befreundet, auf dem deutschen Gymnasium in Kattowitz gingen sie zusammen in eine Klasse. Sie mochten dieselben

Kleider und dieselben Dichter, und sie waren beide besinnungslos in ein und denselben hübschen Lehrer verliebt.

Am letzten Tag vor dem Krieg verließ ich Polen. (»Du desertierst?« fragte mich der polnische Soldat an der Grenze und verschwand, um den Offizier zu holen. Er kam nicht rechtzeitig zurück, der Zug fuhr los – und ich war in Rumänien.)

Edna war bei den andern geblieben.

Ich glaubte, sie sei mit den anderen umgekommen.

In New York, zwei Jahre nach dem Krieg, bekomme ich einen Anruf:

»Bist du es, Chaskiel? Hier ist Edna...«

Sie rief aus Hamburg an, hatte mich über das Rote Kreuz gefunden.

»Komm her!« schrie ich. »Ich schick dir die Papiere!«

»Nein, Chaskiel«, sagte sie. »Ich bin Krankenschwester, ich kann die Kranken nicht alleinlassen.«

Am Ende kam sie doch. Ich wartete auf dem Flugplatz, sie umarmte mich – und begann sofort, sich nach allen Seiten umzusehen.

»Suchst du jemanden?«

Sie suchte Ralf. Ich wußte nicht, von wem sie sprach, glaubte, sie seien zusammen geflogen. Wir warteten eine gute Stunde, ein Ralf tauchte nicht auf.

»Macht nichts«, sagte sie. »Er findet mich, er kennt deine Adresse.«

Wir gingen nach Hause, am Abend erzählte sie ihre Geschichte.

Das war in Auschwitz. Mit kahlgeschorenem Kopf, splitternackt, war sie mit anderen Frauen auf dem Weg zur Gaskammer. Als sie durch die Tür trat, fiel plötzlich ein SS-Mann über sie her und brüllte: »Du hier? Mach, daß du wegkommst. Los, an die Arbeit!« Er fing an, auf sie einzuschlagen und zerrte sie gewaltsam aus der Menge. Sie fand sich im Dunkeln wieder, in einem Winkel hinter der Baracke, zugedeckt mit Sträflingskleidern.

Wir schwiegen, meine Frau und ich. Was konnten wir einem Menschen sagen, der von der Gaskammer fortgezerrt worden war...?

Edna aber lächelte.

»Weißt du, wer das war? Nun, rate, Chaskiel.«

Ich sollte raten, wer der SS-Mann gewesen war, der sie gerettet hatte.

»Es war der Lehrer...

Der aus dem deutschen Gymnasium, in Kattowitz. Unser hübscher, unser geliebter...«

Meine Frau fand für sie eine Krankenschwesterstelle. Sie arbeitete im Haus des Zaddiks von Lubawicze, betreute seine Mutter. Sie war hingerissen von der Familie, und die alte Frau gewann sie lieb wie ihre eigene Tochter. Sie können mir glauben: Keine Krankenschwester in New York hatte eine bessere Stelle als unsere Edna. Im Haus des Zaddiks von Lubawicze? Das war keine Stelle, es war eine Ehre, eine große Auszeichnung!

Unsere Freude dauerte zwei, drei Monate.

Eines Tages bekomme ich einen Anruf:

»Chaskiel? Hier ist Edna. Ich bin auf dem Flugplatz, ich gehe zurück nach Deutschland. Ralf wartet auf mich.«

Sie meldete sich nie wieder.

Ich suchte sie nicht, ich dachte, es wäre ihr nicht recht.

Vor einem, über einem Jahr rief ich in Deutschland an, bei der Gemeinde, und bat um die Telefonnummer des jüdischen Pflegeheims. Ich fragte:

»Ist Edna vielleicht bei euch...?«

»Ja«, bekam ich zur Antwort, »schon ziemlich lange.«
Ich bat, ihr auszurichten, daß ich angerufen hatte.
»Falls sie mit mir sprechen will... Falls sie meine Hilfe braucht, bei was auch immer, gebt Bescheid.«
Edna schwieg. Bald darauf rief die Heimleiterin an:
»Sagen Sie Kaddisch für Ihre Cousine...«
Gestern war es ein Jahr, daß sie gestorben ist.
Mehr weiß ich nicht.
Ich habe mich nicht bemüht, den Vornamen des SS-Manns, des hübschen Gymnasiallehrers, herauszufinden.
Ich habe keine Ahnung, wer Ralf war.
Ob es ihn überhaupt gegeben hat? Ich weiß es nicht.
Ich versuche nicht, die Geheimnisse der Überlebenden zu ergründen.

3. Der Rauch

Ich habe von Auschwitz gesprochen...
Das bringt mich auf eine andere Geschichte: die vom Zaddik von Góra Kalwaria.
Ich habe ihn gekannt. Vor dem Krieg verbrachte er den Sommer in Marienbad und stieg in der Pension von Gottlieb Leitner ab. Auch wir waren dort Dauergäste. Mein Vater besaß mehrere Banken in Schlesien, wir konnten uns Marienbad leisten. Ich reiste mit meinen Eltern und mit meiner Schwester dorthin, der Zaddik mit Frau und Söhnen. Und mit seinem Hofstaat, natürlich. Er reiste immer mit einem Gefolge von Chassidim. Er war tief in seine Gedanken versunken und ging dabei so schnell, daß wir auf den Spaziergängen kaum nachkamen.
(Ich weiß noch: Zum Goldenen Schloß..., so hieß unsere Pension.)

Während des Kriegs verschlug es mich nach Jerusalem. Ich beabsichtigte zu heiraten und wollte, daß mir der Zaddik vor der Trauung seinen Segen erteilte. Er hatte noch aus Polen entkommen können und sich in Jerusalem niedergelassen, war aber nach wie vor der Zaddik von Góra Kalwaria. Frau Fajga Alter, seine Frau, verschaffte mir eine Audienz. Sie erinnerte sich an mich, in der Pension hatte ich immer den Liegestuhl für sie aufgestellt. Sie mochte die Sonne nicht, zog den Schatten vor, und ich war es, der ihr Morgen für Morgen den Liegestuhl unter den Bäumen aufbaute. Sie trug eine große Perücke und hochgeschlossene Kleider, obwohl Sommer war. Sie las französische Zeitungen, und manchmal würdigte sie mich einer Frage. Ich antwortete kurz. Ich fand: Es schickt sich nicht für einen jungen Mann, mit der Frau des Zaddiks zu plaudern!

Vor der Hochzeit empfing mich, auf ihre Bitte, Israel, der älteste Sohn, der später das Amt vom Vater übernahm. Er saß am Tisch. Er begrüßte mich, erkundigte sich nach meiner Braut – und verstummte. Es war später Abend. Die Lampe erlosch, im Raum wurde es dunkel und still. Ich erhob mich, um zu gehen, und ich vernahm eine Stimme:

»Chaskiel, fürchtest du dich, bei mir in der Finsternis zu bleiben?«

Ich setzte mich wieder und vernahm einen Schlag.

Er schlug mit der Faust auf den Tisch. Ein zweites, ein drittes Mal. Ich sah ihn nicht, ich hörte nur die mächtigen, gemessenen Schläge, einmal und noch einmal, einmal und noch einmal.

»Chaskiel«, sprach er dann, »einmal werden wir über das alles Zeugnis ablegen.«

Aus seiner Stimme klang Verzweiflung.

Es war Juli, das Jahr zweiundvierzig. Der Zaddik war mit Söhnen und Frau entkommen, aber seine Chassidim waren in Polen geblieben. Dort zurückgeblieben war auch Israels Frau mit dem einzigen Sohn. Sie sind in Auschwitz umgekommen. Nach dem Krieg lud Israel Menschen zu sich ein, die das Lager überlebt hatten. Er stellte ihnen immer dieselben zwei Fragen:

»Hast du den Rauch gesehen?«

»Hast du vielleicht meinen Sohn gesehen?«

Er konnte noch nichts wissen von dem Rauch und von Auschwitz, als ich mit ihm in der Finsternis saß, aber der Schmerz in seiner Stimme, in diesen Faustschlägen war so schrecklich, als wüßte er längst, was geschehen sollte.

4. Radomsko

Ich bewundere den Zaddik von Góra Kalwaria, aber ich gehöre zum Rabbi von Radomsko.

Oh, der Unterschied ist gewaltig.

Góra Kalwaria, das ist die Schule der zornigen Zaddikim: Izbica, Radzyn, Kock. Radomsko, das sind die barmherzigen Zaddikim.

Szlomo von Radomsko führte uns vor Augen: Bereust du deine Sünden nicht aus Furcht vor der Strafe, sondern aus Liebe zu dem, dem du Unrecht getan hast, wird dir alles verziehen werden. Mehr noch: Jede deiner Sünden zählt vor dem Richter als gute Tat.

Er sah einen Sünder an und scherzte: »Wahrlich, ich beneide dich. So viele gute Taten, die dir der Richter anrechnen wird dieses Jahr...« Darauf der Sünder: »Ich bringe dir frohe Kunde: In einem Jahr wirst du mich noch mehr beneiden.« Die zornigen Zaddikim, die Bewunderung und Furcht erregten, sprachen nicht so. Unser Rabbi behandelte die Menschen wie seine Freunde.

Unser Rabbi, Szlomo von Radomsko, wollte nicht auf den Umschlagplatz. Sie töteten ihn in seiner Wohnung, in der Nowolipie-Straße, am 31. Juli 1942.

Am 31. Juli fand unsere Trauung statt.

Woher hätte ich wissen sollen, daß wir an dem Tag, an dem der Rabbi von Radomsko in Warschau stirbt, in Jerusalem getraut werden würden?

5. Romelus

Mein künftiger Schwiegervater traf die Vorbereitungen für die Hochzeit. Er bestellte den Saal, lud die Gäste ein.

Das war im Juni 1942.

Rommel trug seine großen Siege in der Wüste davon. Er rückte gegen Alexandria vor, bereit, um Palästina zu kämpfen.

Angst griff um sich in Jerusalem.

Achuwa, meine Braut, führte mich zu einem Fotografen. Sie sagte: »Wenn einer von uns stirbt, bleibt dem andern wenigstens das Foto.«

(Achuwa stammt aus Polen, aus Wlodzimierz Wolynski. Ob ich von der Jungfrau gehört habe, von Ludmere Mojd? Was für eine Frage! Achuwas Urgroßvater war damals Rabbiner in Wlodzimierz. Daher ihr Familienname: Ludmir, wie der jüdische Name der Stadt. Das bringt mich auf eine interessante Geschichte. Jener Urgroßvater verließ Wlodzimierz, zog ins Heilige Land, ließ sich im Gebirge nieder und wurde Wasserträger. Dann wurde er krank, trug kein Wasser mehr aus, und die Leute gingen nach ihm sehen. Einer bemerkte ein Blatt Papier, das auf dem Fußboden lag. Ein Buch ist für einen Juden heilig, und kein Teil von einem Buch darf auf dem Fußboden herumliegen. Sie hoben das Blatt auf und lasen. Es war ein Stück aus der Kabbala. – »So was liest du? Ein einfältiger Wasserträger?« So erfuhren sie, wer er wirklich war. Später wurde er Rabbiner der Stadt Zfat. Sein Enkel... Nun gut, die Geschichte seines Enkels erzähle ich ein andermal.)

Wir hatten also Juni, und Rommel näherte sich Alexandria. Die Bekannten erwiderten meinem Schwiegervater:

»Was denn für eine Hochzeit? Was denn für Gäste? Nicht mehr lange, und Rommel vernichtet uns alle, wem steht jetzt der Sinn nach Festen?«

Ende Juni lesen wir in den Synagogen das Vierte Buch Mose, die Geschichte des Balak. Balak, König der Moabiter, wollte das Volk Israel bezwingen und bat den Propheten Bileam, die Juden zu verfluchen. Er bat ihn dreimal. Und jedesmal sagte Gott zu Bileam: Fluche diesem Volk nicht, denn es ist gesegnet.

Auf den Juni fällt auch der Todestag von Rabbi Chajim ben Attar. Er ist vor zweihundert Jahren aus Marokko nach Palästina gekommen und hat Kommentare zur Bibel verfaßt. Die trug er zusammen in dem Werk *Das Licht des Lebens.*

Im Juni 1942, in Jerusalem, fiel den Leuten Chajim ben Attars Kommentar zur Geschichte des Balak wieder ein.

Es war eine Weissagung. Sie sprach von einem Feind, der das ganze Volk Israel bedrohen und den jüdischen Messias töten werde. Er werde den Juden eine Niederlage beibringen, von der sie sich Jahrtausende nicht erholen würden.

Sein Name wird sein Romelus.

Genau so. Diesen Namen wird der Feind Israels tragen, die Weissagung nennt ihn zweimal.

Es gibt jedoch Aussicht auf Rettung, schrieb ben Attar. Durch inbrünstiges Gebet, die Bitte um Erbarmen kann das Volk den Feind besiegen und den Messias retten.

Am 30. Juni 1942 strömten am Grabe von Chajim ben Attar auf dem Ölberg Tausende von Menschen zusammen. Ich war unter ihnen. Unter ihnen waren auch meine Braut und Berl Ludmir, ihr Vater.

Wir beteten viele Stunden lang. Wir lasen die Psalmen. Wir flehten zu Gott, er möge die schreckliche Weissagung nicht in Erfüllung gehen lassen.

Als wir das Gebet beendet hatten, beugte sich mein künftiger Schwiegervater zu mir und sagte:

»Chaskiel, jetzt weiß ich es. Es gibt eine Hochzeit.«

Das war Dienstag.

Das folgende Wochenende beabsichtigte Rommel schon im eroberten Alexandria zu verbringen. Derlei Versprechen hatte er immer gehalten. Sein Afrikafeldzug war eine lückenlose Serie von Siegen. Sechzig Meilen trennten ihn noch von der Stadt. Feldmarschall von Keitel schrieb später, nie sei die Armee dem Sieg näher gewesen.

In der Nacht von Dienstag auf Mittwoch begann Rommel mit der Attacke.

Reichlich zehn Stunden danach geschah etwas höchst Sonderbares...

Ich habe nach dem Krieg eine Menge Bücher gelesen, um herauszufinden, wie die Historiker den Fall erklären.[2]

Sie schreiben von einem Sandsturm, der plötzlich losbrach.

Sie schreiben, Rommel habe Fehler gemacht, wie sie ihm früher nie unterlaufen waren.

Sie schreiben von Panik, die sich der Deutschen bemächtigt habe, und von kopfloser Flucht. Rommel fuhr mit seinem Panzerwagen in die vorderste Linie, versuchte die Soldaten zum Kampf anzufeuern, aber es gelang ihm nicht – zum ersten Mal...

Am 1. Juli 1942 tauchte in den Heeresberichten des deutschen Afrika-Korps ein neues Wort auf: Panik.

Jener Tag, schreiben die Historiker, war eine Überraschung für alle.

Für uns war er keine Überraschung.

Nicht die britischen Befehlshaber hatten Rommel besiegt.

Wir auf dem Ölberg hatten die Errettung Jerusalems herbeigefleht.

Warum flehten wir die Errettung Szlomos von Radomsko nicht herbei? Und nicht die Errettung des Sohns des Zaddiks von Góra Kalwaria?

Ich weiß es nicht.

Ich versuche nicht, die göttlichen Geheimnisse zu ergründen.

New York / Lublin

---

1 Chaskiel Besser. Rabbiner. Geboren 1923 in Kattowitz. Lebt in New York. Gehört zu den religiösen Führern der amerikanischen Juden.

2 Über die unverhoffte Niederlage Rommels am 1. Juli 1942 in Nordafrika schrieben unter anderem: C.E. Lucas Phillips *Alamein*, London 1962; W.G.F. Jackson *The Battle for North Africa 1940-43*, New York 1975; James Lucas *War in the Desert*, London 1982; Barrie Pitt *The Crucible of War*, London 1982.

Die Wächter

1. Der Bahnhof

Auf dem Bahnsteig warteten müde Reisende, singende Pfadfinder und schwerbeladene russische Händler. Clochards dösten vor sich hin. Ein Familiendrama war im Gange: Ein Mann bahnte sich einen Weg stracks durch die Menge, gefolgt von einer Frau. Sie sprach zu ihm, mit ruhiger, vernünftiger Stimme. Der Mann ging weiter, er flüchtete wohl vor etwas. Wohl vor den vernünftigen Worten der Frau, ihren zerzausten Haaren, ihren Krampfaderbeinen und vor den Schlüsseln, die in ihrer Hand klirrten.

In dem Gedränge tauchte ein Gepäckwagen auf. Darauf türmten sich Stapel von Kartons, jeder mit der Aufschrift *Koscher*. Zwischen den Kisten eingezwängt saß ein Mann. Er trug einen schwarzen Anzug, ein schwarzes Käppchen und einen kurzgeschorenen schwarzen Bart. Die eine Hand umschlang, mit der von Chagalls Bildern her bekannten Gebärde, eine Torarolle, die in einen Tallit gewickelt war. Die andere umklammerte ein Telefon – schwarz wie die Streifen des Tallit und sein Bart.

Das Lied der Pfadfinder und der Redefluß der verlassenen Frau versiegten. Stumm starrten die Leute zu dem Gepäckwagen. Der Zug wurde angesagt…

2. Das Telefon

Der Rabbiner stieg in den Schlafwagen. Behutsam legte er die Tora auf das Bett. Er öffnete das Fenster, nahm die Kartons entgegen und drückte dem Gepäckträger ein Trinkgeld in die Hand. Er wischte sich die Stirn und griff zum Telefon. Er rief in verschiedenen Städten an, immer in derselben Angelegenheit. Er brauchte einen Minjan, zehn Männer, um in der Synagoge von Lesko zu beten. Ihm fehlten noch drei oder vier.

»Sei in Lesko«, bat er jemanden in Krakau, Breslau und wieder in Krakau. »Vergiß nicht, sei morgen da, vor dem Sabbat.«

Gegen Mitternacht fand er, nun sei es zu spät für Inlandsgespräche, richtete die Antenne anders aus und wählte wieder.

»Schalom, Rabbi«, grüßte er nach New York. »Ich bin im Zug, fahre nach Lesko. Natürlich habe ich den Minjan zusammen.«

Er trat auf den Gang. Wandte sich nach Osten und begann einen Psalm zu sprechen. Er betete für Marysia Ejzen, die in einem Warschauer Krankenhaus eine Hirnoperation gehabt hatte.

3. Der Rabbiner

Die Großmutter war in Baligród geboren, der Rabbiner[1] in New York. Er war hergekommen, um mit jungen Leuten zu arbeiten, die Juden waren oder Juden sein wollten. Er hatte sich vorgenommen, sie im Talmud, in den Gebeten, den Zeremonien, den Feiertagen und im Hebräischen zu unterrichten.

Der amerikanische Rabbiner hatte sich vorgenommen, junge Polen darin zu unterrichten, Juden zu sein.

4. Der Schüler

»Meine Urgroßeltern hatten eine koschere Schenke in Mogielnica. Meine Großmutter handelte mit fertigen Schuhen, die mein Großvater nähte. Ich habe sie nicht gekannt, sie sind umgekommen, bevor ich geboren wurde. Eines Vormittags sagte meine Mutter: ›Komm, schau dir an, wie dein Großvater ausgesehen hat…‹ Im Fernsehen zeigten sie einen alten Juden. Meine Mutter sagte: ›Ich bin auch Jüdin‹ und ging weiter Kartoffeln schälen. Ich finde, solche Dinge sagt man nicht beim Kartoffelschälen. Ich ging zur Synagoge, vor dem Eingang blieb ich stehen und sah mich um. Eine fremde Frau mit aufmerksamen traurigen Augen und einem zerknitterten Tuch auf dem grauen Haar faßte mich bei der Hand und nahm mich mit hinein. Ich staunte: Die Leute sangen und tanzten in einem langen, fröhlichen Zug. Die Frau erklärte mir, sie feierten das Fest der Gesetzesfreude, die Leute hätten die ganze Tora gelesen und freuten sich. ›Worüber?‹ fragte ich. ›Weil sie jetzt alles wissen?‹ – ›Nicht doch‹, antwortete sie lächelnd, ›weil sie morgen mit dem Lesen von vorn beginnen‹. Der Rabbiner fragte mich, wer ich sei. Ich erzählte von meinen Großeltern und von Mutter. Er fragte, ob ich in den Judaismus-Unterricht kommen wolle. Ein Jahr später ging ich hin.

Bruno Schulz schreibt, kein Mexico ist das letzte. Hinter jedem tut sich ein neues Mexico auf, das noch greller ist, Überfarben und Überaromen… Der Judaismus hat die Überfarbe vor mir aufgetan. Ich kannte sie nicht, aber ich habe sie seit langem vorausgeahnt. Lange vor den Worten: ›Komm, schau dir an, wie dein Großvater ausgesehen hat…‹

Ich wünsche mir, daß meine Frau später einmal zum Teil Jüdin ist.

Nicht ganz, zum Teil. Meine Verwandten wohnen in kleinen Städten, sie sind sehr katholisch, sie lieben mich, und ich möchte ihnen keine großen Unannehmlichkeiten bereiten.«

5. Die Bäckerei

Die Bäckerei in Lesko war, wie alle Bäckereien auf der Welt, sehr weiß. Dank dem Mehl, der Schürzen, der Wände und schlechthin der Sauberkeit.

In die Bäckerei trat der Rabbiner. In das Bäckereiweiß trat der schwarze Rabbiner, um Brötchen für das Sabbatmahl zu bestellen.

»Darf ich Ihnen ein paar Fragen stellen?« fragte er den Besitzer.

»Bittesehr.« Der Besitzer, jung und höflich, verbeugte sich.

»Was für Brötchen backen Sie?«

»Normale und Delikateßbrötchen.«

»Nehmen Sie Fett dafür?«

»Nur für die Delikateßbrötchen. Margarine.«

»Werden sie alle in demselben Ofen gebacken?«

»In zwei verschiedenen.«

Der Rabbiner war mit der Antwort zufrieden, aber er vergewisserte sich doch noch einmal.

»Immer in verschiedenen, ja?«

Der Besitzer schwankte. Er hätte nur »Immer« zu sagen brauchen, und er würde eine Kiste Brötchen verkauft haben, aber er hatte einen Geistlichen vor sich...

»Es passiert schon mal, daß wir sie in demselben Ofen backen.«

»Ach.« Der Rabbiner war betrübt. »Dann werde ich Ihre Brötchen nicht kaufen. Ich danke Ihnen...« Und begab sich zum Ausgang.

6. Die Schuppen

»Margarine enthält Fischfett, und wir wissen nicht, ob der Fisch, von dem das Fett stammt, koscher war«, erläuterte er den Schülern.

»Welcher Fisch ist koscher?« fragte ein Schüler.

»Ein Fisch, der eine Schuppe und Flossen hat. An der breitesten Stelle muß er einundzwanzig Schuppen haben, behaupten manche. Andere sagen, es genügen drei Schuppen. Was mich betrifft«, setzte er großmütig hinzu, »ich bin der Ansicht, damit ein Fisch koscher ist, genügt eine einzige Schuppe. Haben wir jedoch die Gewißheit, daß der Fisch, von welchem das Fett in der Margarine in der Bäckerei in Lesko stammt, auch nur eine einzige Schuppe gehabt hat? Diese Gewißheit haben wir nicht. Darum können die Brötchen mit der Margarine nicht neben unseren Brötchen im Ofen liegen.«

7. Der Grablichtbehälter

Der Rabbiner, der aus New York gekommen war, stieg auf die Leiter und hob die Tora in den heiligen Schrein. Zum ersten Mal seit fünfzig Jahren gab es in der Synagoge von Lesko wieder eine Tora...

In einem der Räume hängte Malgorzata R., die aus Paris gekommen war, Fotografien an den Wänden auf, die galizische Juden zeigten: Kindheit, Unterricht, Arbeit, Familie, Gebet, Feiertage, Straßen, Alter und Tod.

Nur die Juden aus den kleinen Städtchen des Karpatenvorlandes kamen nicht. Sie kamen nicht aus Baligród und nicht aus Cisna, nicht aus Czarna und nicht aus Kroscienko, nicht aus Lutowiska und nicht aus Sanok, nicht aus Ustrzyki und nicht aus Telesnica, und auch aus Zagórze und aus Wojtkowa kamen sie nicht...

Ihre sterblichen Überreste waren gekommen: ein Zahn, der Teil eines Schädels, Halswirbel, das Stück eines Schienbeinknochens und eine Handvoll Asche. Malgorzata R. hatte sie in Belzec gefunden, auf der Lagerstraße. Sie hatte sie in den Blechbehälter eines heruntergebrannten Grablichts gelegt und nach Lesko gebracht.

8. Das Begräbnis

Der Rabbiner hüllte die sterblichen Überreste in einen Tallit und ließ sie hinab in ein kleines quadratisches Grab auf dem jüdischen Friedhof. An dem Tallit hatte er einen Zettel angebracht: *Sch'ma Jisrael* – »Höre, Israel«. Er sprach ein Gebet, nahm Sand auf die Schaufel und schüttete ihn in die Grube. Der Bürgermeister trat vor, schüttete Sand hinab und stieß, auf ein Zeichen des Rabbiners, die Schaufel in die Erde. Ein Engländer aus London trat vor, der an der Geschichte des Lagers Belzec schreibt. Nach ihm ein Engländer aus Oxford, der über die Ostjuden schreibt. Nach ihnen eine polnische Studentin aus Danzig, die jiddische Lieder singt... Jeder schüttete Sand in die Grube und stieß die Schaufel in die Erde.

»Um den Toten einen Augenblick Stille zu gönnen«, erklärte der Rabbiner. »Um sie nicht durch fortwährenden Lärm zu behelligen.«

(Um den Halswirbeln, den Schienbeinknochen, den Zähnen, den Schädelstücken und der Asche einen Augenblick Stille zu gönnen.)

9. »Klajne Janek«

– hatte Birenkraut, der Tischlermeister, ihn genannt. Der hatte eine große Werkstatt gehabt und das Bethaus in Bukowsko renoviert. Es war eine Auftragsarbeit von einem Juden gewesen, der eine reiche Amerikanerin geheiratet hatte. Kurz nach der Hochzeit träumte ihm, das Bethaus stünde in Flammen. Er wachte auf und wußte: Das ist ein Zeichen. Sofort begab er sich zu Birenkraut und befahl, den Tempel wiederherzurichten. Die Arbeiten dauerten mehrere Jahre, und einer von den Gesellen, die man hinzugezogen hatte, war Janek gewesen. Maly – für die Polen, für die Juden – der »Klajne«.

»Klajne Janek«, stellte er sich dem Rabbiner vor, fünfzig Jahre nachdem die Werkstatt von Josef Birenkraut zu bestehen aufgehört hatte, und dann zeigte er ihm, was damals wo in Lesko gewesen war.

Wo der Szmul mit minderwertigen und der Fenik mit guten Pferden gehandelt hatte.

Wo der Chaim die Weinfässer lagerte.

Wo Aron, der Wanderglaser wohnte, der nie eine Scheibe zerbrach.

Wo der Wagen vom Fuhrmann Lerner dessen jüngsten Sohn fast zerquetschte.

Wo der eine Dym Petroleum ausschenkte, der zweite

Dym Nägel verkaufte und der dritte Törtchen buk. Nein, das war ein Kerl von einem Mann gewesen, dieser dritte Dym! Zwei Meter groß, Beine von einem Riesen, und die Frau klein und zierlich. Und der Chilek, ihr Sohn, kurzsichtig, blaß, und immer ein Buch in der Hand.

Wo...

10. Der Sabbat

Die Schüler des Rabbiners hatten den für den Sabbat bestimmten Toraabschnitt gelesen, sie beteten und sangen abschließend das Lied:

Ich künde Deinen Ruhm, ohne daß ich Dich erschaute
Kenne und preise Dich, ohne daß ich Dich erkannte

»Wir beten für euch, Glaser Aron, Tischler Josef, Weingroßhändler Chaim, ohne daß wir euch erschauten. Wir gedenken eurer, ohne daß wir euch erkannten... In Lesko habe ich das Lied begriffen, das ich an jedem Sabbat singe«, sagte der Rabbiner.

Dann betete er für seine Großmutter aus Baligród, Tauba Roth, Tochter des Dawid. Das Gebet für die Vorfahren ist eine gute Tat, und als er sie vollbracht hatte, konnte er dem Herrgott mutiger sein dringlichstes Anliegen vortragen. Er erinnerte Ihn, daß Marysia Ejzen nach der Hirnoperation noch immer schlief, und er bat Ihn, sie endlich aufzuwecken.

Dann fuhr er nach Baligród, von wo Tauba Roth nach Amerika aufgebrochen war. Er betrachtete die Hügel, die Luft und den Himmel. All das schamlose Grün und Blau. Diese Schönheiten. Diese Welt, die dazusein doch nicht das Recht besaß – und die auf das allerschönste da war.

11. Malgorzata R.,

die die Fotos der galizischen Juden aufgehängt hatte, überlebte den Krieg in Zakopane, im Hause des Dichters Kasprowicz. Sie studierte Kunstgeschichte, war schüchtern und hübsch. Eines Tages betrat sie einen Delikatessenladen und stellte sich in die Schlange. Vor ihr stand ein kleiner, dunkler, geschwätziger Kerl. Er brachte sie nach Hause, vor der Haustür stellte er sich vor: Leopold Tyrmand. Drei Monate später heirateten sie. Drei Jahre später verließ er sie wegen einer anderen, jungen und hübschen Studentin. Im März 1968 reiste sie aus Polen aus. Sie arbeitete irgendwo, heiratete irgendwen, ließ sich scheiden und fuhr irgendwohin. Unentwegt war sie in Eile. Sie fand es unerhört wichtig wegzufahren, aber an Ort und Stelle wurde ihr bald klar, es gab nichts, das auf sie wartete. In Lesko, fand sie, warteten die galizischen Juden. In einem Raum der leeren Synagoge richtete sie ein kleines Museum ein. Dort trug sie Gegenstände und Fotos zusammen, die sie auf Dachböden, im Schutt zerfallender Häuser und in alten Fotogeschäften gefunden hatte. Sie führten eine Welt vor Augen, die sie nicht mehr hatte kennenlernen können. Aus der sie geflohen wäre, wenn sie existierte. Da sie nicht existierte, konnte sie nicht fliehen und mußte auf immer in ihr bleiben.

Einige Zeit davor war sie in die Türkei gefahren. Ein Reiseführer führte sie auf den Berg Nimrud. Ein General Alexanders des Großen hatte dort Terrassen und riesige Figuren aus dem Fels schlagen lassen, inmitten von Habichten, Adlern und Löwen. Unter ihnen hatte er begraben werden wollen – auf dem Gipfel des Berges, über dem grünen, fruchtbaren Tal. Der Führer war Kurde, zwanzig Jahre jünger als sie. Er hatte große schöne Hände und die Figur eines Tänzers. Es war kalt, Schnee lag, doch als sie unten anlangten, brach die Sonne durch. Der Kurde erzählte von sich. Er verdingte sich zur Feldarbeit, verkaufte Teppiche, sammelte Reisig in den Wäldern und führte Touristen auf den Berg Nimrud. Sie erzählte ihm von Galizien – einem Land, aus dem die weisesten Denker, die frömmsten Rabbiner und die größten Schriftsteller kamen. Sie heirateten und fuhren nach Lesko.

12.

Der Rabbiner hüllte die Tora in seinen Reisetallit.

Die Gäste traten die Heimfahrt an.

Malgorzata R. schloß die Synagoge ab, den einzigen Ort, an dem man auf sie wartete.

Sie fragte: »Wirst du dich ihrer annehmen, wenn ich tot bin?«

»Sei unbesorgt«, sagte ihr Mann, der Kurde vom Berg Nimrud, der künftige Wächter der galizischen Juden.

Lesko

1 Michael Schudrich. Er lebte mehrere Jahre in Polen, um jüdisches Leben neu aufzubauen.

Inventarverzeichnis

1.

Die Puppe brachte der Vater mit.

»Sie wird dich beschützen«, sagte er. »Verlier sie nicht.«

Die Puppe war aus Sägespänen und Ton. Aus den Oberarmen spießten dicke, schief abgeschnittene Drähte. Der Mann, der sie geformt hatte, hatte in seinem Vorkriegsleben wohl nichts mit Spielsachen zu tun gehabt.

Er hatte das Gesicht mit Ölfarbe bemalt, blond das Haar, die Augen blau.

In seinem früheren Leben hatte er mit Spielsachen nichts zu tun gehabt, aber er wußte, welche Farben er benutzen mußte.

Arische Farben.

Kein Schmalzownik hätte je erkannt, daß die Puppe im Ghetto zur Welt gekommen war.

2.

Der Vater hielt sein Versprechen. Unterm Schutz der Puppe genas sie vom Typhus und gelangte durch die Wache in der Leszno-Straße auf die arische Seite.

Sie überlebte den Krieg. Schloß ein Studium ab. Heiratete. Trennte sich nicht von ihrer aus Sägespänen und Ton geformten Beschützerin.

3.

Israelische Historiker erfuhren von dem im Ghetto hergestellten Spielzeug. »So ein Spielzeug«, sagten sie, »würde die Sammlung unseres Museums enorm bereichern.«

Sie ging zum Fotografen. Ließ ein Abschiedsfoto machen. (Der Puppe fehlten nun die rechte Hand und beide Beine, aber das leise, etwas verlegene Lächeln in den blauen Augen hatte sie behalten.) Die Fotografie ließ sie zu Hause, mit der Puppe fuhr sie nach Jerusalem.

Sie kam mit einem Geschenk zurück.

Einer Puppe.

Sie war neu und besaß beide Hände und beide Beine.

Sie strahlte Tatkraft aus. Schon von weitem sah man, die legte Sümpfe trocken und bewässerte jede Wüste.

Zwar wußte sie nicht, was »die Wache in der Leszno-Straße« war, dafür hatte sie schwarze Augen und blickte ohne Komplexe.

4.

Sie begann sich über ihre Freunde zu beschweren.

Klagte über ihr Befinden. Sie ließ sich untersuchen, die Ergebnisse waren einwandfrei, trotzdem sagte sie immer wieder:

»Irgendwas stimmt nicht mit mir.«

Ihr »Das hat angefangen, als ich mich von der Puppe

trennte«, hörte sich absurd an, aber man riet ihr, sich das Spielzeug für eine Weile auszuleihen.

Sie fand, das wäre kindisch.

Eingeliefert wurde sie mit dem Rettungswagen.

In der Aufnahme sagte sie zu der Tochter:

»Schau, ich bin im Krankenhaus, und meine Beschützerin ist nicht bei mir.«

Die Tochter brachte die Fotografie mit und stellte sie neben dem Bett auf.

Nach der Operation legte sie sie unter das Kissen, der Mutter unter den Kopf.

Der Arzt sagte, man müsse zu der Schlafenden sprechen, sie ermuntern, aufzuwachen.

Die Tochter sprach von der Enkelin, von den Sträuchern im Garten, die nicht völlig erfroren waren, von der Puppe auf der Fotografie, die bei ihr wache.

Den Sarg nagelten sie zu früh zu. Die Tochter hob den Deckel an und beschädigte die Leiste. Sie schob das Foto der Puppe durch den Spalt, in Höhe der Hände.

5.

Die Historiker versprachen, das Exponat an sichtbarer Stelle auszustellen. Sie baten um einen kurzen, informativen Text für den Schaukasten. Er hätte lauten können:

»Im Warschauer Ghetto aus Sägespänen, Ton und Draht gefertigtes Spielzeug. Gespendet von Maria Ejzen (1933-1995), Tochter des Majer Juda und der Magdalena, geb. Leszczynska, Bürgern der Stadt Konin. Sie überlebte den Krieg, da sie sich nicht von der Puppe trennte. Sie starb, nachdem sie sie unserem Museum übergeben hatte.«

6.

Sie häufte Dinge an: alte und neue Dokumente, Fotos, Untersuchungsergebnisse, Postkarten, Rechnungen, Quittungen, Gebete, Zeitungsausschnitte... Ein jedes wurde ihr zur Vergangenheit. Ihr Organismus produzierte in erstaunlicher Eile Vergangenheit, von der sie sich nicht mehr zu trennen vermochte.

Dank ihr wissen wir, daß:

Großvater Markus »braune Augen, einen mäßigen Mund und ein ovales Gesicht« hatte; daß er eine Ölmühle, eine Mühle und eine Feuerversicherung der Gesellschaft »Piast« sein eigen nannte;

Großmutter Rózia eine Perücke und zwei Doppelkinne hatte und eine goldene Brosche am Hals trug; sie besaß ein gerahmtes Porträt nach einer vergrößerten Fotografie;

es bei Großmutter Kalcia einen klingenden Nachttopf gab; Großmama, Pipi, riefen die Kinder, wenn sie zum Sabbat kamen; der Reihe nach wurden sie auf den Topf gesetzt, und der spielte für jedes die *Polonaise* von Michal Kleofas Oginski;

Onkel Majer die Unteroffiziersschule des 14. Infanterieregiments mit »Gut« absolvierte;

Onkel Natan die Handelsschule nicht abschloß;

Onkel Ajzyk ein Kohlen- und Baustofflager besaß;

Onkel Herman ein Eisenwarenlager besaß;

Onkel Herman bei Onkel Ajzyk zwei Zentner Kohlen im Januar, sieben Zentner im März, vierzig im April, zehn im Mai gekauft hatte; insgesamt, im Jahre neunzehnhundertdreißig, hundertzweiundsiebzig Zentner;

Magdalena Leszczynska, Alter dreiundzwanzig, den

Majer Juda Ejzen, Alter siebenundzwanzig, Student der Rechte, ehelichte;

Maria Ejzen, Tochter der Magdalena, geborene Leszczynska, und des Majer Juda, geboren wurde...

7.

Großmutter Kalcia vergiftete sich im Ghetto, nachdem ihre elf Söhne umgekommen waren.

Großmuter Rózia verschwand. Sie hatte ein Versteck in einer Nische, vor der ein schwerer Schrank stand. Nach einer Razzia kam die Familie aus dem Keller zurück und schob den Schrank beiseite. Die Nische war leer. Die Deutschen würden den Schrank nicht an seinen Platz zurückgestellt haben. Großmutter Rózia konnte, mit ihren gelähmten Beinen, allein nicht heraus.

»Sie hat sich in den Himmel aufgemacht«, erklärte man den Kindern. »In den Himmel kommt man auch ohne Beine...«

»Sie haben sich in den Himmel aufgemacht«, wiederholte sie später. »Zum Glück auch. Was würde ich mit den Gräbern anfangen? Vierundfünfzig Leszczynskis, siebenunddreißig Ejzens... Einundneunzig Gräber, und ich ganz allein dazu?!«

(Das Porträt von Großmuter Rózia schnitten die Deutschen aus dem Rahmen und warfen es auf den Müll. Polnische Arbeiter aus der Mühle holten es von dort weg, bewahrten es auf – das Bild einer alten, unschönen jüdischen Frau – und gaben es nach dem Krieg der Tochter, Magdalena Ejzen, zurück. Zusammen mit dem Familiensilber, alten Papieren und Großmutter Kalcias Nachttopf, der die *Polonaise* spielte.)

8.

Großmutter Kalcias elfter Sohn war Majer Juda Ejzen. Er und seine Frau hielten sich auf der arischen Seite versteckt, in einer Wohnung in der Panska-Straße, zusammen mit mehreren anderen Juden. Unter ihnen war auch ein reicher Uhrmacher, den seine schöne Frau besuchte. In die schöne Uhrmachersfrau war ein junger Pole verliebt, der Herr Leszek. Er war eifersüchtig auf den jüdischen Ehemann und holte die Deutschen. Majers Frau konnte noch fliehen. Sie hörte Schüsse. Der Mann ein Stockwerk höher, bei dem sie Zuflucht fand, sagte, einer von den Juden habe einen Deutschen zum Fenster hinausgestoßen und sei selbst nachgesprungen. »Das ist bestimmt mein Mann«, rief Majer Judas Frau und rannte in den Hof. Majer Juda lag auf dem Pflaster. »Das ist mein Mann«, wandte sie sich an den Polizisten. »Bitte erschießen Sie mich auf der Stelle.« – »Bist du verrückt?« brüllte der Polizist und drängte sie hinter die Mülltonnen. Am Abend kam er sie holen, nahm sie mit zu sich und gab ihr zu essen. Majer Judas Frau fuhr aufs Dorf, zu ihrer Tochter. Sie faßte sie bei der Hand, fand einen Stock, auf den sie sich stützen konnte, und sie gingen los.

9.

Also: Sie hatte den Krieg überlebt, ein Studium abgeschlossen, geheiratet.

Das Kind, das sie zu früh gebar, lebte nur wenige Stunden.

Das zweite Kind verlor sie.

»Eine Neurose«, erklärte der Arzt. »Ursache sind Ihre Träume.«

Sie solle ihrer Träume Herr werden, riet er.

Sie versuchte, ihrer Träume Herr zu werden, aber die riesenhaften Fledermäuse aus dem Versteck in der Nowolipki-Straße setzten sich ihr ins Haar und auf die Augen, Nacht für Nacht. Der Vater stürzte nicht, sondern er schwebte in der Luft wie ein Drachen, zwischen dem Fenster und dem Pflaster des Hofs. Den Bettelstab in der Hand, mit blinden, erloschenen Augen klopfte sie an fremden Türen an. Krampfhaft die Puppe an sich pressend, näherte sie sich der Wache in der Leszno-Straße...

Ihr Mann war geduldig. Er bemühte sich zu verstehen, was die Wache in der Leszno-Straße gewesen war, und er erklärte ihr wieder und wieder, warum sie nicht daran denken dürfe.

Sie überlegte, ob ein jüdischer Mann für sie besser wäre. Der wüßte, was die Wache war, aber er hätte eine Neurose und böse Träume. Wer würde dann zu ihnen beiden sagen: »Ihr habt überlebt, darum dürft ihr nicht denken...«

10.

Die neun Monate der nächsten Schwangerschaft lag sie im Bett. Sie nahm dreißig Kilo zu. Wurde grau. Schnitt die Zöpfe ab. Gebar eine Tochter.

11.

»Ich fahre nach Hause«, pflegte sie zu sagen und fuhr nach Konin, zur Mutter. Zu den Feiertagen nahm sie die Tochter mit. Den Mann nahm sie nicht mit. Die Mutter mochte ihn nicht, und die Mutter war wichtiger. Jeden zweiten Tag schrieb sie ihr einen Brief, und jeden zweiten

Tag bekam sie eine Postkarte. Dadurch wissen wir, daß es in Konin keine Hauspantoffeln, Größe siebenunddreißig gab; im Herbst Kohle fehlte; im Winter hübsche Pullover zu haben waren, aber nur in Weinrot; es auf dem Basar das ganze Jahr über billiges Obst zu kaufen gab.

In jedem neuen Kleid ließ sie sich fotografieren und schickte das Foto nach Konin. Sie trug ein Kleid nur, wenn die Mutter den Kauf gebilligt hatte. Wenn die Mutter schrieb: »Das steht dir nicht«, gab sie das Kleid zurück.

Es drängte sie zu den Menschen. Sie stieß sie durch Hochmut oder Ironie vor den Kopf, bat überschwenglich um Verzeihung und suchte von neuem ihre Nähe, fieberhaft und zudringlich.

Sie fürchtete sich vor Einsamkeit, Krankheiten, Kälte, den Nachbarn, Hunden, fremden Blicken, der Meinung anderer, der eigenen Angst und vor dem Übernachten im Schrebergarten.

12.

Sorgsam verwahrte sie alle Dinge in Pappmappen: die Papiere, Fotos, Untersuchungsergebnisse, Postkarten, Gebete, Quittungen, Zeitungsausschnitte;

die Magisterarbeit, die aus zwei Teilen bestand: *Der Tatbestand des Betrugs in der Theorie des Strafrechts* und *Der Tatbestand des Betrugs im Lichte der Praxis*;

das Scheidungsurteil;

die Rechnung für das Begräbnis der Mutter mit Aufschlüsselung der einzelnen Leistungen;

den Text für die symbolische Tafel für Majer Juda;

die Rechnung für die Tafel: hundertundachtzehn Buchstaben… Insgesamt eine Million sechstausend Zloty;

den Brief an die Tochter: Legt mich zu Mama. Gebt die kleinen Novellen heraus, ich hab ein bißchen Herz dran gewandt. Weine nicht, Dorotka.

13.

(Die *Kleinen Novellen* handelten von Bekannten.

Von einer Frau, die als Säugling in einem Brotkorb aus dem Lager getragen worden war. Hinausgetragen hatte sie ein deutscher Lageraufseher.

Von einer Frau, die jeden Morgen »zusammen mit den Kleidern ihre erfundene polnische Biographie anlegt«.

Von einer Frau, die einer Nachbarin ihr Kind anvertraut hatte, den Krieg überlebte und allein in die Welt hinausgefahren war. Nach Jahren hatte das Gericht der verzweifelten polnischen Mutter das Kind entrissen...

Und so weiter.)

14.

In einer Mappe verwahrte sie auch das Gebet, das sie von einem Rabbiner bekommen hatte:

Also will ich vergeben
denen, die mich verletzten
und die mir Unrecht taten.
Denen, welche aus Absicht
und denen, die durch Zufall
Denen, die durch Worte
und denen, die durch Taten.
Keiner möge bestraft werden
um meinetwillen...

Dieses Gebet hatte Großvater Marek am Vorabend von Jom Kippur gesprochen. Und Onkel Majer hatte es gesprochen. Und Onkel Natan. Und Onkel Ajzyk. Und Onkel Herman. Und der Vater, Majer Juda. Und die zehn Brüder von Majer Juda. Alle Juden wandten sich seit Jahrhunderten an den Herrn der Welt mit der verblüffend großmütigen Beteuerung:

Also will ich vergeben
denen, die mich verletzten...

15.

Sie verstaute sie ordentlich in den Schubladen, alle Dinge, und machte sich auf die Reise.

Machte sich mit der Puppe, die aus Sägespänen und Ton geformt war, auf ins Museum nach Jerusalem.

Warschau

Der Hof

1.

Still, jetzt rede ich.

Am schönsten war es bei uns: Walowa-Straße sechs, Ecke Swietojerska-Straße, das Mietshaus von Friedman.

»Wo wohnst du?« – »Im Hof von Friedman.« Das genügte. Jeder wußte: der schönste Hof in Warschau.

Rasen – in der Mitte Bäume – Blumen bis in den Herbst hinein – eine Frau für die Klosetts – ein Wächter für die Gärten – ein Wächter für die Tore...

Was für Tore wir hatten! Auf der Swietojerska-Seite drei und drei auf der Walowa-Seite. Alles Eisentore. Schwere. Beim Schließen gaben die einen Ton von sich, so einen kräftigen. BAMMM. Jeden Abend, durch die ganze Straße, dieser eiserne Ton: BAMMM, BAMMM.

2.

Die Frauen aus dem Vorderhaus hatten platinblondes Haar, Gourvernanten für die Kinder und geschorene Pudel. *Extremely* reiche Leute wohnten im Vorderhaus.

Die Frauen aus den Souterrains waren arm und nahmen Wäsche zum Waschen an.

Die Frauen aus den Seitenflügeln halfen ihren Männern bei den Geschäften.

Am Samstag gingen die Frauen aus unserm Haus, feingemacht, in den Krasinski-Garten.

Der Garten lag dem Hof gegenüber, von der Swietojerska-Straße aus gesehen.

Auf dem Wasser schwammen Schwäne, am Wasser standen Stühle.

Für die Stühle zahlte man, aber die Bänke in den Alleen waren gratis.

Die Frauen vom Vorderhaus und die aus den Seitenflügeln zogen die Stühle vor. In Handschuhen aus Seide oder aus hauchdünnem Leder, in Hüten mit Schleier, saßen sie unter den Bäumen, am Wasser, und lasen Bücher.

Wie wunderschön das war.

Die weißen Handschuhe, die Schwäne mit ihren weißen Hälsen, die Frauen, die die Augen gesenkt hielten über einem Roman oder einem Band *poetry*.

Von Zeit zu Zeit hoben sie die Schleier an – die waren oben mit kleinen zarten Tupfen bestickt und unten mit großen Phantasiemustern –, schlugen sie über die Hutkrempen und blätterten um. Die Schleier sanken allmählich herab, die Frauen blätterten wieder um, hoben die Schleier wieder an und schlugen sie wieder über die Krempen.

Wie wunderschön das war.

3.

(Am ersten September sagte meine Schwester:

»Weißt du was, Dorcia? Dieser Krieg stürzt Polen ins Verderben.«

»Was sagst du da für Sachen, Hadasa? Diese eleganten Soldaten? Diese wundervolle polnische Sprache? Diese *poetry* soll der Krieg verderben?«)

4.

Die Walowa-Straße hatte dreizehn Nummern, in jeder gab es Geschäfte mit Pelzen. In der Nalewki-Straße handelten sie mit Galanteriewaren, in der Franciszkanska-Straße mit Leder, in der Gesia-Straße mit Weißwaren, in der Walowa-Straße waren es Pelze.

Die meisten Pelzgeschäfte gehörten, unberufen, unserer Familie. Dem Großvater, seinen drei Söhnen, den fünf Töchtern mit den Schwiegersöhnen und den erwachsenen Enkeln.

Bei allen hing ein grünes Marmorschild über dem Laden.

Alle arbeiteten sie schwer, und am Sabbat beteten sie und studierten den Talmud.

Täglich, nach dem Abendessen, fanden sie sich in Großvaters Haus ein und erzählten, wie ihr Tag verlaufen war.

5.

Dieser Deutsche, der bucklige Schultz aus Leipzig, der Pelzgroßhändler, der vor dem Krieg mit unserer Familie Geschäfte gemacht hatte, gründete im Ghetto eine Werkstatt, eine Schneiderwerkstatt. Er wollte, daß Großvater weiter mit ihm arbeitete, aber Großvater lehnte ab. Unser Teilhaber willigte ein. Die Werkstätten von Schultz nähten Uniformen und Pelzmützen für die Ostfront, und die dort angestellt waren, sollten Papiere bekommen, die sie vor der Deportation bewahrten. Und sie sollten Suppe und Brot bekommen, je zehn Deka Brot pro Person.

An dem Tag, an dem Titus den Tempel von Jerusalem zerstörte, gab Schultz bekannt, er nehme Leute mit Nähmaschinen an.

Mein Bruder Icie stellte sich mit einer Maschine an, meine Schwester Fela stellte sich mit einer Maschine an, und ich stellte mich an. Tausende von Menschen standen und mußten unverrichteterdinge wieder gehen, aber uns nahmen sie, weil der Teilhaber unsern Großvater kannte.

Eines Tages kamen wir von der Arbeit nach Hause, und weder die Eltern noch unsere jüngeren Brüder waren da. Wir sahen sie nie wieder.

Ein andermal kamen wir nach Hause, und unsere jüngeren Schwestern waren nicht mehr da. Wir sahen sie nie wieder.

Am Pessachfest tauchten wir in den Bunker ab.

Fela, meine Schwester, sagte, in einem Bunker wolle sie nicht leben, nahm ihr Klappbett und ging. Wir sahen sie nie wieder.

Die Deutschen warfen Gas in den Bunker, wir kamen heraus, und sie schafften uns nach Majdanek – Hadasa, Icie und mich. Aus Majdanek schafften sie uns nach Auschwitz, schon ohne Icie.

In Auschwitz traf ich Frau Mirlasowa, die Schulleiterin aus der Nalewki-Straße. Sie freute sich: »Dorcia, bist du es?« und begann sofort mit dem Unterricht. »Die rechten Nebenflüsse der Weichsel, wenn ich bitten darf.«

»Biala, Sola, Skawa, Raba, Dunajec mit Poprad...«, zählte ich auf, als stünde ich vor der Tafel in unserm Klassenzimmer.

»Gut, Dorcia«, lobte mich Frau Mirlasowa. »Jetzt polnische Literatur: ›Große Leere ist im Hause eingezogen, seit du, Ursula, dich hast davongestohlen...‹* Wie geht es weiter?«

Ich wußte, wie es weiterging, aber ich wollte es nicht aufsagen. Es war zu traurig für Auschwitz, da waren mir die Nebenflüsse der Weichsel doch lieber.

6.

Von Mamas und Papas ganzer Familie, aus allen Pelzgeschäften in der Walowa-Straße, haben nur wir beide überlebt, ich und Hadasa.

Ich überlebte durch Hoessler, einen SS-Mann in Auschwitz.

Er wählte ein paar Mädchen von vierzehn, fünfzehn Jahren aus und schickte ihnen Milch. Tag für Tag eine Flasche Milch mit Zucker. Ich war ein hübsches, reinliches Mädchen. Er mochte die Hübschen und Reinlichen. Er kam, betrachtete uns, wenn eine einen Pickel hatte oder, Gott bewahre, ein Geschwür, schickte er sie ins Gas. Über meine Haut hielt der Herrgott seine schützende Hand bis zum Schluß.

Hoessler war klein, beleibt und hatte ein gutmütiges Gesicht.

Die Leute glauben, der Teufel sei boshaft und mager.

Das ist nicht wahr. Der Teufel hat eine sanfte Stimme und zärtliche Worte.

»Mein liebes Kind«, sagt der Teufel und lächelt freundlich.

Eines Tages sagte Hoessler:

* Beginn des VIII. Liedes aus den »Klageliedern« des größten polnischen Renaissancedichters Jan Kochanowski (1530-1584)

»Ich habe eine gute Nachricht, meine Lieben. Heute müßt ihr nicht zur Arbeit...«

Die Mädchen freuten sich und blieben in der Baracke. Ich ging und verstreute Knochen aus dem Krematorium auf dem Feld.

Als ich zurückkam, waren die Mädchen weg. Ich sah sie nie mehr wieder.

7.

Man hat mir erzählt, er hätte unterm Galgen gerufen: »Wo ist sie? Wo ist mein geliebtes jüdisches Kind?«

Er rief nach mir.

»Mein geliebtes jüdisches Kind soll kommen! Es soll sagen, wer es gerettet hat!« hat er unterm Galgen geschrien.

8.

Von der ganzen Familie – Hadasa und ich.

Hadasa war die Älteste von uns Schwestern. Sie hatte schon vor dem Krieg geheiratet und fünf Kinder geboren. Sie sind in Treblinka umgekommen.

Nach dem Krieg heiratete sie noch einmal und gebar noch einmal fünf Kinder.

Lejb, Fawelek, Pesa, Rykele, Ruchele...

Hadasas Kinder.

Jene Kinder.

Bei den neuen vertu ich mich immer. Wieso kann ich mir die neuen Namen nicht merken? Es sind doch die Kinder von Hadasa, meiner Schwester.

Toronto

Das Haus

1.

Sie blicken uns an. Der Vater – aus verläßlichen Augen, unter dem frommen schwarzen Käppchen hervor. Die Mutter, im zu knappen zweiteiligen Festtagskleid – aus bekümmerten Augen. Die Kinder befangen – wegen des Apparats.

Blicken uns aus dem Jahr neunzehnhundertachtunddreißig entgegen.

Er, hochgewachsen, schmal, ein Lächeln in den Augen, steht hinter der Mutter.

Und nur er, von der ganzen Familie er allein, wird heraustreten aus dem Foto und normal alt werden, allmählich.

2.

Sie betrachten ihn.

Betrachten den plumpen, kahlköpfigen, kurzsichtigen Mann mit den dicken Brillengläsern voll stummen Entsetzens.

3.

Ich hoffe, Sie gehen sich mein altes Haus ansehen, das erste in der Straße, rechterhand, das letzte Fenster..., schrieb er mir in einem Brief. Dann erzählte er von den Nachbarn in Otwock, von der Kiefer in Otwock und von Gedichten in Jiddisch. Die schreibt er in Kanada, seit fünfzig Jahren. Die Gedichte handeln auch von der Kiefer und von den Nachbarn.

4.

Die Straße beginnt bei den Eisenbahngleisen.

Zwei Häuser stehen einander gegenüber. Provinzhäuser, grau wie breitgetrampelter Schnee. An beiden hängen diverse Schilder. Das größte teilt uns die Preise für gevierteiltes Geflügel mit: Brüste 10,40, Flügel 4,20, Rümpfe 2,00...

In dem Haus auf der linken Seite gibt es zwei Schankstuben: »Maks« und »Faßbier«. Auf der rechten Seite gibt es eine Schankstube: »Jerry«.

Grau wie Steinsalz hängt der Himmel über der Straße.

Vom Bahnhof her rückt die Arbeitswelt an. Sie wird in Busse steigen und weiterfahren, nach Wizowna, Pogorzel oder Karczew. Zwischen Zug und Bus betritt sie eine Schankstube, auf ein kleines Bier.

Die Gesichter der Arbeitswelt sind grau wie die Müdigkeit.

Die letzte Wohnung im Haus rechterhand hat der Familie des Dichters Simcha Simchovitch[1] gehört, die sich ein Jahr vor dem Krieg fotografieren ließ.

5.

Über der Tür der letzten Wohnung hängt ein Schild – »Arbeitsbekleidung«. Im Fenster sehen wir Gummistiefel und Wattejacken, belanglos und häßlich. Die Bekleidung lockt uns nicht, im »Maks«, gegenüber, finden wir vielleicht mehr Anregung. Der Wirt ist zum Plaudern aufgelegt, kein Wunder, ich bin mit dem Bildhauer Balka da, der aus Otwock stammt. Der Großvater des Bildhauers hat hier Grabsteine gemacht, in seiner Steinmetzwerkstatt, ein paar Querstraßen weiter. Überdies stellt sich heraus, daß wir in dieselbe Schule gegangen sind. Vor sehr langer Zeit der spätere Dichter. Nach dem Krieg ich. Nach mir der Schankwirt. Zuletzt der Bildhauer. In die Grundschule, die »Vierte« genannt – allesamt. Nichts, nicht das geringste läßt sich daraus ableiten, aber komisch ist es. Wir sind unter uns, und so macht der Wirt das Lokal dicht und erzählt. Der Vater Patriot, im Krieg Pfadfinder im Untergrund, unter Stalin Gefängnis, während des Tauwetters diskrete Beschirmung durch einen Mann von der Sicherheit. Wir lauschen voll Ehrfurcht. Der Mann von der Sicherheit wechselt in die Stadtverwaltung und ist zuständig für Wohnungsfragen.

»Kennen Sie das Haus am Bahnhof, das früher jüdisch war?« fragt er den Vater. »Wo die Kneipe der Kohlenträger ist – ›Zum Pferdeschädel‹? Über der Kneipe«, fährt der einstige Sicherheitsmann fort, der den Vater für das Unrecht der vergangenen Epoche entschädigen will, »ist ein schöner großer Leerstand, schreiben Sie eine Eingabe.«

Der Vater schreibt die Eingabe und bekommt eine hübsche Wohnung mit Keller – in dem früheren jüdischen Haus, in der Nähe des Bahnhofs.

Sie renovieren.

Im Keller buddeln sie eine kleine Holzkiste aus.

Der Vater sagt leise: »Oho...«, aber die Kiste stinkt modrig, ist morsch und leer.

»Vielleicht hatten sie ein Kind drin versteckt«, vermutet die Mutter.

Sie klopfen die Wohnungswände ab, Meter für Meter. Manchmal kommt es ihnen vor, als wäre da was, so ein dumpfer Hall. Der Vater sagt: »Pssst... Hört ihr das?« Er legt den Hammer weg und rennt zum Zöllner, seinem Bekannten. Der Zöllner kommt mit einem Apparat, der Metalle aufspürt, und fährt damit die Wand rauf und runter, rauf und runter. Und wieder nichts, nicht die Spur von einem jüdischen Schatz.

6.

Aus dem »Maks« (früher »Zum Pferdeschädel«) sehen wir zum Haus gegenüber...

Im letzten Fenster die Werkstatt. Über die Schustermaschinen gebeugt Icchak und Lejbus, die Gesellen. Sie singen laut. Sie sind sehr fortschrittlich und singen mit Vorliebe revolutionäre Lieder. Über dem Tisch mit den Lederstücken hustet Mosze Abram, Simchas Vater, der Besitzer der Werkstatt. Hinterm Ladentisch steht eine Frau mit rotgelocktem Haar. Besorgt horcht sie auf den Husten ihres Mannes: Mosze Abrams Vater hat gehustet und gehustet, bis er an der Schwindsucht starb. Ein bärtiger Mann tritt ein. Er wickelt ein Weckglas aus einer Zeitung, stellt es vor Lejbus hin. Der Geselle greift zum Löffel. Unser Lokal durchzieht der Duft von Graupensuppe, in der, zur Würze, noch getrocknete Pilze schwimmen. In der Schusterwerkstatt bricht ein Streit aus: der fortschrittliche Lejbus ißt barhäuptig. »Deine Schuld!« Der Finger des Bärtigen zielt anklagend auf den zweiten Gesellen. »Du machst ihn ganz wirr mit deiner Revolution!«

»Schuld ist Srulik«, berichtigt Mosze Abram. »Der redet ihnen ein, es gibt keinen Gott.«

»Ojzers Sohn?« Der Bärtige ist verwundert. »So ein rechtschaffener Jude und hat einen Kommunisten großgezogen?«

Sie sprechen von Srulik Figa, Simcha S. hat mir von ihm erzählt. Dem leidenschaftlichen mageren Burschen, der voll Inbrunst die Rolle des Klassenkampfes in der Geschichte erklärte und die Versammlung sodann mit den beiden hübschesten Genossinnen verließ. »Wozu brauchst du zwei?« hatten sie ihn neidisch gefragt. »Zwei sind bedeutend besser als eine«, hatte Srulik, der Don Juan des Otwocker Proletariats, geantwortet.

»Ojzer stickt wunderschöne Schleier«, wirft Ita, Simchas Mutter, ein. »Er hat einen Kommunisten großgezogen. Aber keiner in ganz Otwock stickt noch solche Blumenschleier.«

7.

In der Werkstatt des Mosze Abram S., über der sie das Schild »Arbeitsbekleidung« aufgehängt haben, steht eine Frau in Itas Alter.

Ob ihr Geister erscheinen?

»Die von denen.« Ich deute in die Luft, in den leeren Raum, in dem sich die Gesellen über die Maschinen beugen, Mosze Abram hustet und Ita besorgt hinterm Ladentisch steht, dicht neben dieser Frau.

Die überlegt.

»Während der Arbeitszeit haben wir keine Geister. Vielleicht kommen später welche, wenn ich weg bin. Nach siebzehn Uhr.«

8.

Im Hof hebt Miroslaw Balka ein Stück verrostetes Blech auf. Es ist vom Dach gefallen. Gebogen wie ein Helmsturz, sieht es aus, als stamme es von einer Wetterfahne, die die Windrichtung anzeigt.

»Das kann ich brauchen«, sagt er zufrieden, klopft den Dreck ab und wirft das Blech ins Auto. Bestimmt wird er es in einer Plastik verwenden. Wird sie an ein Museum verkaufen. »Ein gewöhnliches Stück Blech«, werden die Leute verwundert sagen. Es wird aber ein Stück von einem gewöhnlichen jüdischen Haus sein, das weiterlebt in der Kunst.

9.

Das Haus, vom »Maks« aus gesehen, nach wie vor.

Hinter Simchas Werkstatt – Haferverkauf. Der Händler und seine Frau stehen den ganzen Tag im Laden. Sie arbeiten schwer, beten viel, und Gott will sie auch nicht mit einem einzigen Kind dafür belohnen.

Hinter dem Hafer – elegante Damenschuhe. Der Schuhmacher ist unlängst aus dem Heiligen Land zurückgekehrt, das Otwocker Klima bekommt seiner Frau besser.

Hinter den Schuhen – billige Sandalen, geschmackloser Tinnef. Cypa, die Tochter des Herstellers, hat keine

Lust, sie zu verkaufen. Sie will Zirkustänzerin werden. Stundenlang übt sie im Hof ausgeklügelte Pirouetten.

Hinter den Sandalen – der Seidenwarenladen des Hausbesitzers. Vor dem Laden steht eine Straßenpumpe, dort tränken die Droschkenkutscher ihre Pferde. Am Abend sitzen sie in Lejb Sanes' Kneipe um die Ecke, spielen Karten und trinken Bier. Von ihnen heißt es, das sind Draufgänger, *wojle-jungen*. Sie sind stark und selbstsicher. Werktags leben sie bei der angetrauten Ehefrau, am Samstag ziehen sie sich um, rasieren sich und fahren nach Praga, zu ihrem Liebchen.

Im ersten Stock wohnen die Reichen: der unscheinbare, magere Hehler, der Hausbesitzer, stattlich, dickbäuchig, mit langem Bart, behaarten Armen und scharfem Blick, und der ewig betriebsame Weingroßhändler. Der Großhändler reist in Geschäften, die Frau bleibt mit den Kindern allein. Sie hat helles Haar, eine schlanke Taille und trägt nur hohe Absätze, sogar daheim. Der junge Gemeindesekretär pflegt sie zu besuchen. Angeblich ist er in sie verliebt. Angeblich beruht das nicht auf Gegenseitigkeit.

10.

Das alles geschah DANACH, war dem Gesetz der Zeit unterworfen. Es alterte und wurde Vergangenheit. Selbst das, was noch ganz frisch ist – die Geschichten des Wirts im »Maks«, das Gespräch mit der Verkäuferin über die Geister, die Handbewegung des Bildhauers, der das verrostete Blech aufhebt – was vor Sekunden, eben geschah, ist schon Erinnerung.

Und alles VORHER bleibt unverändert, unbewegt für allezeit.

Das Davor – IST.

Das Danach – IST GEWESEN.

Darum beugen sich die Gesellen Icchak und Lejbus noch immer über die Maschinen.

Tanzt Cypa im Hof und kann nicht aufhören zu tanzen.

Wird die Frau des Großhändlers nicht dicker in der Taille.

Hört der Gemeindesekretär nie auf, die Frau des Weingroßhändlers zu lieben.

11.

Die jüdischen Kinder besuchten die Schule Nummer vier.

Nach dem Krieg wurde eine gewöhnliche polnische Grundschule daraus.

In sie gingen die einheimischen Kinder und eine Gruppe Überlebender, aus dem Waisenheim. Einer hatte in einer Gruft überlebt, zwischen Särgen. Einer in einer Kohlenkiste mit doppeltem Boden. Einer anderen hatten sich Bauern angenommen, die zum Dank gewisse Dienste verlangten. Eine hatte mit Vater, Mutter und Bruder bei der jungen Vorkriegsgeliebten des Vaters gewohnt. Die Mutter hielt es als erste nicht mehr aus, bedankte sich bei der Geliebten und ging zurück ins Ghetto. Dann hielt es der Bruder nicht länger aus, er bedankte sich und ging zurück. Aber sie und der Vater hielten es aus, sie gingen nicht zurück ins Ghetto und überlebten den Krieg.

Den Kindern aus dem Waisenheim wurden die Haare geschoren. Zu Paaren aufgereiht, zogen sie Morgen für Morgen in einer langen Kolonne geschorener Köpfe zur

Schule. Sie schämten sich nicht. Eine Kolonne geschorener Köpfe hat kein Gesicht. Was gingen sie die Blicke von Gaffern an, die die Gesichter nicht unterschieden?

Das Waisenheim befand sich unter Kiefern in der ehemaligen Pension »Zacheta«. Sie hatte einem gewissen M. Flint gehört, sein Vorname ist uns nicht bekannt. Mosze? Menachem? Mendel? Das Haus war nicht groß, im ersten Nachkriegssommer wurde es aufgestockt. Auf dem Bau arbeiteten deutsche Kriegsgefangene. Die jüdischen Zöglinge schenkten ihnen keine Beachtung. Die Deutschen waren müde und traurig. Sie weckten keine Gefühle – weder Abneigung noch Neugier. In Müdigkeit und Trauer waren die Kinder geübt. Einen Krieg zu überleben, ist – selbst für Kinder – eine anstregende Angelegenheit. Fremde Trauer und fremde Müdigkeit konnten sie nicht interessieren.

Die Zöglinge des Waisenheims fuhren hinaus in die Welt. Sie wurden Professoren, Maler, Bankiers, einer war sogar amerikanischer Vertreter bei der UNO. Manchmal kamen sie zusammen und erzählten einander von ihren Kindern und Enkeln, von ihren Universitäten, Banken, Bildern, von ihren weiten, exotischen Reisen. Das also sind wir, die aus den Kohlenkisten und Friedhofsgruften... Ein hübsches Stück Wegs haben wir zurückgelegt, dachten sie, unerhört verwundert und ohne Freude.

Nach ihrem Auszug hatte man in dem Heim ein Krankenhaus eingerichtet. Darin wurden Menschen mit Lungenkrebs behandelt. In den Zimmern, in denen die jüdischen Kinder gewohnt hatten, starben jetzt Krebskranke. M. Flint (Mosze? Menachem? Mendel?) hatte seine Pension zu schlechter Stunde gebaut.

12.

Der Wirt vom »Maks« fährt in der Erzählung fort und kommt jetzt auf unsere Zeit zu sprechen. Unsere Zeit, das heißt Markt und Konkurrenz. Die Konkurrenz kennt (wie Srulik Figa lehrte) kein Erbarmen. Der neidische Konkurrent des »Maks«, Inhaber der Kneipe in der Nähe, wollte ihm eine Lektion verpassen und bat den Chef der Mafia um Hilfe. Dem Wirt vom »Maks« schwante was, und er rief die Polizei. Die Polizisten kamen in Zivil, setzten sich an die Tische und täuschten Arbeitswelt vor. Warten Polizisten in Zivil, heißt das, sie warten in operativer Bedeckung. Die Bedeckung zog sich Stunden hin – und nichts geschah. Anderntags erschien ein Mann im »Maks«, den der Boss der Mafia schickte. »Der Boss ist dir böse«, sagte er betrübt. »Wie konntest du annehmen, daß er dir was tut? Dem Bruder seines Kumpels, Gott sei seiner armen Seele gnädig!« Es stellte sich heraus, daß der Bruder des Wirts und der Boss der Mafia die dicksten Freunde gewesen waren. Jener Bruder war übrigens unter unangenehmen Umständen gestorben. Er war wieder einmal zur Entziehungskur gewesen, hatte getrunken, noch im Krankenhaus, und sein Herz hatte nicht mehr mitgemacht...

Vom Boss der Mafia heißt es, Tyrmand habe ihn in seinem Buch »Der Böse« beschrieben. Der Mann mit den fahlen, glühenden Augen, der aus der Nacht zu tauchen pflegte und wieder im Dunkel verschwand – der Boss aus Otwock!

Malgorzata R., zur Zeit des »Bösen« Tyrmands Ehefrau, hat den Romanhelden gekannt. Er war klein, hatte helle Augen, eine erdfarbene Gesichtshaut, lange, brillantinegesteifte Haare, die bis über den Kragen reichten. Sie trafen sich hin und wieder abends, zu dritt, in der Nowy-Swiat-Straße, vor dem Presseklub. »Das ist er...«, stieß der Schriftsteller erregt flüsternd hervor und entschwand mit dem Bösen.

»Wieso interessieren Sie sich für den?« fragt Malgorzata R., eine von Leopold Tyrmands ersten Ehefrauen, derzeit Ehefrau des Kurden aus der Türkei. »Für diesen Boss? Diesen Bösen?«

»Weil der in der Schankstube des Konkurrenten verkehrt hat.«

»Und wieso interessieren Sie sich für die Schankstube?«

»Weil sie dort ist, wo Lejb Sanes ist.«

»Weil in der Kneipe von Sanes die Draufgänger sitzen, die *wojle-jungen,* und sich von ihren Sonntagsliebchen erzählen.«

»Weil in der Kneipe von Sanes niemand was erzählt.«

»Weil es die Kneipe nicht gibt.«

»Weil es die Liebchen nicht gibt...«

Und so weiter.

13.

Srulik Figa, der Don Juan des Otwocker Proletariats, überlebte den Krieg in Rußland, hatte den Kommunismus aus der Nähe gesehen und ging in die Staaten. Er ließ sich in Brooklyn nieder. Fuhr zu Besuch zu seinem Sohn nach Cedar Rapids. Cedar Rapids ist ein kleines amerikanisches Städtchen. Ringsum dehnen sich Maisfelder. Die Farmer laufen in breitkrempigen Hüten herum und fahren nach Ford Madison zum Rodeo. Holzhäuser stehen zwischen hohen Bäumen.

»Hörst du?« flüstert Srulik Figas Sohn, Professor, verheiratet mit einer munteren amerikanischen Nichtjüdin. »Hör mal, ein Specht klopft...«

»Das soll ein Specht sein?« Srulik Figa lächelt verächtlich. »Das sollen Bäume sein? In Otwock, da gab es einen Wald. Da gab es Spechte... Und in dem Wald lebte Jankele, der Naturmensch. Der grübelte und studierte die Schrift, in die Stadt kam er nur am Sabbat. Er aß bei uns zu Mittag, als Schabbes-Gast. Nach dem Essen sang er uns Opernarien vor, er war ein Schüler des Zaddiks von Morzyce.

Ihr wißt nicht, wer der Zaddik von Morzyce war? Was wißt ihr überhaupt, wenn ihr nicht mal von dem gehört habt?

Der Morzycer komponierte Lieder und nahm in seinen Hofstaat nur Chassidim mit schöner Stimme auf. Ach, was für eine schöne, was für eine gewaltige Stimme hatte Jankele, der Naturmensch! Den ganzen *Rigoletto* konnte er auswendig. Nach dem Konzert verabschiedete er sich und verschwand in den Wald.

In Otwock gab es die Sommerhöfe der berühmten Zaddikim: des Rabbis von Morzyce, des Rabbis von Kozienice und des Rabbis von Parysewo. Der Morzycer nahm musikalische Chassidim auf, und der Kozienicer nahm hübsche. Der Rabbi von Kozienice war ein aufbrausender Mann. Einmal gab er einem Wandergeiger kein Geld für sein Spiel, und als der junge Mann es einforderte, schrie der Rabbi: ›Geh und werde verrückt!‹ Und der Geiger ging und wurde verrückt. Ich hab ihn noch vor Augen – den jungen Burschen mit seiner Geige, der nach dem Willen des Rabbis der Verrückte von Otwock wurde.

Mein Vater, Ojzer Figa, stickte Hutschleier. Er zeichnete das Muster auf und übertrug es mit seiner Singermaschine auf den Tüll. Hutschleier waren groß in Mode. Er stickte ein feines, zartes Muster und unten eine Blumenkante. Ich brachte es mit dem Fahrrad zum Großhändler, in die Swietojerska-Straße in Warschau.

Er saß über seiner Maschine, stickte und rezitierte Perez: ›Im Königreich Polen, nicht weit von der Grenze, gab es ein Städtchen, groß wie ein Gähnen...‹ Das ist Monisch, der jüdische Faust, ein Chassid, der von einer Teufelin entführt wird.

Im September 1939 flüchtete ich nach Osten. In Bialystok bat ich eine Polin, die ich kannte, nach Otwock zurückzufahren und meine Eltern zu holen.

Sie fuhr zurück, holte die Eltern und führte sie bis zur Grenze. Sie warteten, bis es dunkel wurde, als die Nacht hereinbrach, bewegten sie sich auf die russische Seite zu. Mit einem Mal blieb mein Vater stehen. ›Ich bitte Sie vielmals um Entschuldigung‹, sagte er, ›ich muß nach Otwock zurück, ich hab meine Stickmaschine nicht versteckt.‹ Meine Mutter ging mit dem Vater zurück. Cynamon, der Buchhändler von Otwock, gab mir nach dem Krieg ein Foto, das er vor der Räumung des Ghettos von Vater gemacht hatte. Mein Vater, ein vierzigjähriger Mann, war darauf ein ausgemergelter trauriger Greis.

Wovon habe ich angefangen zu erzählen?

Von den Spechten, ja.

In Otwock, da gab es wirkliche Spechte.«

14.

Die Londoner Tate Gallery hat Postkarten mit Plastiken von Miroslaw Balka herausgebracht.

Ein Mann durchschwimmt einen Fluß, die Wirbelsäule herausgehoben, gewölbt, leuchtend in einem blauen Licht.

Ein Mann sitzt da. In seinem Innern, anstelle der Eingeweide, eine Flamme, wie in einem Kamin.

Eine Frau geht vorüber, in einen Mantel gehüllt. Eine Kapuze, doch kein Gesicht. Ein Arm ohne Hand, aber ihr Ärmel birgt einen Strom von Licht. Sie steht, als warte sie auf jemanden. Als warte sie geduldig, bis Ojzer Figa seine Stickmaschine versteckt hat. Bis er bereit ist für den Weg.

Sie wartet, als wollte sie ihm leuchten auf diesem Weg.

Toronto / Cedar Rapids / Otwock

---

1 Simcha Simchovitch lebt heute in Toronto. Er ist Bibliothekar und Kurator des Museums für Judaica. Er schreibt in Jiddisch (A Stifkind bai der Wajsl – Ein Stiefkind an der Weichsel; Tsaar und Treist – Leid und Trost u.a.)

Ein Leben

1.

Im Sommer stand sie an dem weißen Mäuerchen. Mit einer Milchkanne voll Speiseeis von dem Produzenten im Souterrain ganz in der Nähe und Waffeln aus der Konditorei »Kolorowa«. Gleich nebenan war der Eingang zum Basar. Kunden und Händler kamen vorbei, kauften bei ihr ein Eis, und der Schallplattenverkäufer legte *Das kleine blaue Tüchlein* auf. Das kleine blaue Tüchlein, scholl es aus dem Grammophon, ist heut vor Tränen naß, tralalala, es will mich dran erinnern, daß meine Liebe nie verblaßt.

Im Herbst stieg sie auf Limonade um. Das Wasser entnahm sie dem Hahn auf der Straße, streute künstliches Eis und Zitronensäure hinein. Ein Wunder, daß nie einer krank wurde.

Im Winter stieg sie um auf Mottenkugeln, Wandkalender und DDT, ein amerikanisches Wanzenpulver, das die Matrosen mitbrachten.

Das Zimmer im Wohnheim teilte sie mit Marysia Goldiner, einer Jurastudentin. Marysia gab öde prinzipielle Ansichten von sich, schrie im Schlaf und verhüllte mit dem Ärmel die eintätowierte Lagernummer. Hin und wieder borgten sie was voneinander – mal Salz, mal das Bügeleisen, mal eine weiße Bluse für eine Festveranstaltung.

Einmal nahm sie eine Bekannte, die mit russischen Strümpfen auf dem Basar stand, zum Tanz mit ins Kulturhaus. Noch bevor sie zu spielen anfingen, kam ein großer, flotter blonder Mann herein. Weites Wolljackett, schmale Hosen, Stiefel mit allermodernstem Stepprand rund um den Schaft – und Siegelring!

Sie spielten einen Walzer. Der Blonde ließ das Mädchen stehen, mit dem er gekommen war, und schritt auf sie zu.

2.

Er war Maurer. Hatte ein geräumiges Zimmer mit Kachelherd und Gemeinschaftsklo im Hof. Am Hochzeitstag fand sie ihn mit einem fremden Weibsbild auf dem Dachboden, aber die Wohnung war echt und ihre eigene. Nicht so was wie das Souterrain mit Zosia, der Stiefmutter. Nicht so was wie das Gemeinschaftszimmer mit den fremden Schreien im Schlaf.

3.

Bei Limonade und Wanzenpulver ließ die Miliz sie ungeschoren. Der Ärger begann bei den Nylons mit schwarzer Ferse und Naht. Die ersten Strafen waren auf Bewährung. Als sie zwei Jahre voll hatte, verhafteten sie sie von der Zigarettenbude weg.

Sie lag auf der oberen Pritsche. In der Nacht zerriß sie das Laken, drehte es zusammen und wickelte es sich um den Hals. Die Enden band sie am Bett fest. Sie ließ sich fallen. Der Strick hatte die richtige Länge: Ihre nackten Füße baumelten über dem Boden.

Sie erwachte im Krankenhaus.

Der Arzt fragte, ob ihr das zum ersten Mal passiert sei. Sie erklärte ihm, im Kinderheim habe sie auf dem Klosett Chlor getrunken. Der Arzt fragte, ob sie, als sie das Laken zusammendrehte, nicht an ihre Töchter gedacht habe. Sie erklärte ihm, man denke dann an gar nichts. Man versuche nur, soviel wie möglich von dem Chlor zu schlucken oder den Strick möglichst fest zu drehen.

»Wo waren Sie während des Kriegs?« fragte der Arzt.

»Im Ghetto.«

»Wollen Sie mir davon erzählen?«

Sie wollte, daß er sie in Frieden ließ und bat ihn darum, so höflich sie nur konnte.

Als die zweijährige Haftzeit um war, in der sie auf einem Staatsgut gearbeitet hatte, rief der Anstaltsleiter sie zu sich.

»Schlechte Nachrichten, Frau Jasia. Sechs Paar Helanca-Strümpfe hängen über Ihnen.«

Wieder führte man sie in den Saal, und der Gerichtsdiener rief:

»Bitte sich zu erheben, das Gericht zieht ein.«

Sie erhob sich.

In schwarzer Toga, den Adler auf der Brust, zog das Gericht in der Person von Marysia Goldiner ein.

Sechs Paar Elastikstrümpfe, Typ Helanca, gingen in Staatsbesitz über. Sie fuhr nach Hause. Die Tochter lag auf dem Bett, ohne Haare, mit dem Mantel zugedeckt. Der betrunkene Mann setzte ihr lallend auseinander, das heutige Petroleum sei für die heutigen Läuse zu schwach, das beste Mittel gegen sie sei Kahlscheren.

4.

Ein paar Tage nach ihrer Rückkehr (alle waren wieder nüchtern und neu eingekleidet – Geschenke der Händler vom Basar), suchte Marysia Goldiner sie auf. Die Adresse hatte sie in den Verhandlungsakten gefunden. Sie war wie früher prinzipiell und sehr ernst.

»Hast du nicht die Absicht, damit aufzuhören?« fragte Marysia Goldiner streng.

»Die Absicht hab ich nicht«, bekannte sie.

»Du bist Kindergärtnerin, könntest die jungen Charaktere formen. Du liebst doch diesen schönen Beruf...«

»Was ich liebe, ist das Risiko, Marysia. So wie mein Großvater, Besitzer von Stallungen und sieben Droschken in Grzybów. So wie Papa, Besitzer einer Bude mit Galanteriewaren auf dem Kiercelak. Soll ich mich von der Familientradition lossagen?«

»Du kannst mir also nichts versprechen...« Marysia Goldiner war betrübt.

»Doch. Ich verspreche dir, daß sie mich nie wieder bei was erwischen.«

5.

Sie beredete die Sache mit den Milizionären.

Baute auf dem Basar einen Tisch auf und breitete ein großes Tuch darüber. Legte Blusen aus dem Pewex aus, pastellfarbene Elastikblusen.

Vor jeder Razzia gegen Spekulanten gaben ihr die Milizionäre einen Wink. Sie händigte ihnen ihren Anteil aus, band die Zipfel des Tischtuchs zusammen und verließ, das Bündel mit der Ware über der Schulter, den Basar.

Sie stand nie mehr vor Gericht.

Marysia Goldiner traf sie nach dreißig Jahren wieder, im Klub der »Kinder des Holocaust«. Sie war abgemagert und bleich. Versprach, anzurufen. Starb ein paar Monate darauf. Der Sohn ließ den Leichnam einäschern und nahm die Urne mit nach Wien.

6.

Dann kam die Baumwolle aus der Türkei auf und die Angorawolle aus Seoul. Der Maurer-Mann trank, und dann hatte er Urin im Blut. Sie besuchte ihn mit den Töchtern, den Schwiegersöhnen und der Enkelin im Krankenhaus. Der Arzt sagte: »Er wird gleich einschlafen.«

Es war heiß, sie gingen auf eine Coca-Cola ins Kino »Praha«. Am nächsten Tag sagte die Schwester, er sei aus dem Bett gesprungen, als sie gegangen waren, und zur Tür gerannt.

»Als wollte er vor jemandem weglaufen«, fügte sie erklärend hinzu. »Weglaufen vor dem Tod. Er ist nicht weit gekommen, zwei, drei Schritte.«

Kurz nach dem Begräbnis kochte sie fünfzig Zigaretten und spülte mit dem Sud das Oxazepan hinunter.

Sie erwachte im Krankenhaus.

»Er hat doch getrunken«, sagte die Tochter. »Hat dich doch immerzu gekränkt...«

»Aber vor Fremden hat er mich in Schutz genommen. Seine eigene Schwester hat er grün und blau geschlagen, als sie ›Du Judenweib‹ zu mir gesagt hat!«

»Betrogen hat er dich, Mama. Weißt du nicht mehr – seine ganzen Liebchen?«

»Aber mich hat am er meisten geliebt. Niemand wird mich mehr so lieben. Niemand. Nie.«

»Vielleicht sprichst du mal mit einem Psychiater?« sagte die Tochter.

Der Psychiater fragte, ob ihr das zum ersten Mal passiert sei.

Sie erklärte ihm, es habe schon das Chlor im Kinderheim gegeben und den Strick in der Haft.

Er fragte, was für eine Kindheit sie gehabt habe und ob sie ihm ein wenig mehr davon erzählen wolle.

Sie erklärte ihm, so höflich sie nur konnte, da er nicht dort gewesen sei, wo sie war, werde er nichts verstehen. Es lohne nicht, sich den Mund für ihn fusselig zu reden.

7.

Sie war niedergeschlagen und krank. Der Basar war eingegangen, das Leben war ins Stadion umgezogen. Die neuen Freundinnen, die »Kinder des Holocaust«, fanden, ein Stand im Stadion könne sie aus ihrer Schwermut reißen. Sie legten zusammen und liehen ihr Geld.

Sie kaufte einen Standplatz auf den Wiesen und baute ihren Tisch auf.

Breitete italienische Strickwaren aus.

Der Zufall wollte es, daß neben ihr eine Bekannte vom Basar stand. Sie verkaufte tschechische Baskenmützen und hatte einen geschiedenen Bruder. Der Bruder war ein Gentleman.

»Nicht vielleicht ein Käffchen, Frau Janeczka?« fragte er und brachte ihr, ohne die Antwort abzuwarten, einen Kaffee mit Sahne im Plastikbecher.

»Nicht vielleicht ein Schaschlik?« fragte er.

»Soll ich Sie nicht vielleicht nach Hause fahren?«
»Soll ich nicht vielleicht die Ware für Sie holen?«
Sie wollte ihn nicht. Er wußte sich nicht gebildet auszudrücken und benutzte billige, süßliche Desodorants, aber nachdem er einmal über Nacht geblieben war, blieb er gleich ganz.

Sie ließen sich trauen.

Jetzt fuhren sie mit dem Bus nach Italien. Sie nahmen Schraubenzieher, Gartenscheren, Gitarren, Kompasse, Ferngläser, Fotoapparate und gefälschtes Chanel-Parfüm mit, das sie von den Russen kauften. Machten in Mailand oder in Palermo Station und breiteten die Ware auf der Hauptstraße aus. Schliefen im Bus. Brachten fünfhundert Dollar nach Hause. Damals war das eine Menge Geld.

8.

Er fuhr mit ihr zu einer religiösen Zusammenkunft, die ein Rabbiner leitete. Baute für den Rabbiner ein Zelt aus Zweigen zum Laubhüttenfest. Setzte das Käppchen aufs hellblonde Haar, erhob die himmelblauen Augen zum Toraschrein und teilte ihr mit, er trete zum Judaismus über.

»Das schlimmste waren die Federn«, sagte sie eines Tages. »Ein Gestöber in allen Straßen, Höfen, Treppenhäusern... Wo kamen nur die vielen Federn im Ghetto her? Vielleicht suchten die Deutschen in den Betten Gold? Vielleicht war es leichter, nur das Inlett wegzuschleppen, um es zu verkaufen? Ich hatte sie in den Augen, im Mund, in den Haaren. Manchmal träume ich von diesem weißen Flaum, und ich kann nicht atmen.«

»Das schlimmste war die Hitze«, sagte sie ein andermal.

»Sie schafften mich zum Umschlagplatz, zusammen mit anderen Kindern, die an der Mauer Handel getrieben hatten. Ein Zug rollte ein. Gedränge entstand, die Menge schleifte mich ein paar hundert Meter mit sich. Als ich die weit offenstehende Holztür des Waggons vor mir sah, packte mich jemand beim Kragen. Es war mein Großvater. Er fuhr immer zum Platz, weil er bei Pinkert Leichen transportierte. Vor dem Krieg hatte er Pferde und Droschken. Dann verschwanden die Droschken. Dann verschwanden die Pferde. Großvater fuhr mit einem Rollwagen herum und las die Toten von den Straßen. Dann verschwand auch der Rollwagen, und sie hatten einen kleinen Holzwagen, Großvater schob, und Onkel Mietek zog ihn an der Deichsel. Er packte mich also beim Kragen, warf mich auf den Wagen und deckte Leichen über mich. Ich fürchtete mich weder vor dem Platz noch vor dem Zug noch vor den Toten, mir war nur so furchtbar heiß... ›Josek‹, sagte der Großvater, als wir am Abend nach Hause kamen, ›du mußt sie hier herausschaffen.‹ – ›Ist gut, Tate‹, sagte Papa und brachte mir von der arischen Seite eine Geburtsurkunde mit. Bestimmt hatte Zosia sie besorgt, unser Dienstmädchen, in das Papa schon vor dem Krieg verliebt gewesen war. Er brachte die Geburtsurkunde und einen Katechismus mit, und alle paar Stunden erinnerte er mich: ›Du bist nicht Jochwed, Töchterchen, du bist Jasia.‹ Nachts weckte er mich: ›Du bist nicht Jochwed, Töchterchen.‹ – ›Ich weiß, Papa, ich bin Jasia...‹«

»Das schlimmste war, daß wir nicht zu ihm konnten«, sagte sie wieder ein andermal. »Sie hatten ihn im Sächsischen Garten erschossen, nicht weit vom Grab des Unbekannten Soldaten. Er war vor einem Schmalzownik durch den Garten geflüchtet, zufällig kam ein Deutscher vorbei und schoß.

Polnische Kollegen, mit denen Papa vor dem Krieg auf dem Kiercelak und im Krieg vor der Mirowska-Halle Handel trieb, waren zu Zosia gerannt und hatten ihr gesagt, Papa liege beim Grab. Wir fuhren mit ihnen dorthin, mit der Straßenbahn. Er war mit Papier zugedeckt, auf das Papier hatte jemand Steine gelegt, wohl wegen dem Wind. Wir erkannten von weitem seine Stiefel und die Hosen, die unter dem Papier hervorstanden. Das waren Hosen aus einem Sack, dunkelblau gefärbt. Ich wollte zu ihm, aber Zosia hielt meine Hand fest. Sie tat, als gingen wir hier spazieren. Eine Menge Leute spazierten durch die Alleen, Kinder spielten, alle sahen, daß dort ein Mensch lag und machten einen weiten Bogen um ihn. Auch wir machten einen weiten Bogen um ihn, als wäre es gar nicht unsere Leiche. Ich sah nur heimlich zu dem Papier und zu den Stiefeln...«

»Das schlimmste war, daß mich nach dem Krieg keiner holen kam. Ich wohnte immer noch mit meiner Stiefmutter im Souterrain. Früher hatte sie mich nachts rausgelassen, damit ich frische Luft schnappen konnte, jetzt lief ich einfach so durch die Straßen. Schaute mich um. Stand in den Trümmern des Ghettos herum. Wartete... Ich traf niemanden, nur andere Juden, die warteten.

Zosia gab mich ins jüdische Kinderheim: Sie hatte geheiratet, und in dem Souterrain war kein Platz mehr für mich. Aus diesem Heim holten die richtigen Mütter ihre Kinder ab. Fremde Leute suchten Kinder zum Adoptieren. Irgendein Rabbiner nahm Zöglinge für religiöse Schulen mit... Nur mich nahm keiner. Ich machte mir hübsche Frisuren, immer mit gebügelter Schleife, ich war folgsam – und keiner wollte mich. Da ging ich aufs Klosett, wo das Chlor stand, und schraubte die Flasche auf…«

»Weine nicht«, sagte der Mann. Sie hatte nicht vorgehabt zu weinen, das Atmen fiel ihr nur so schwer, der weiße Flaum drückte ihr die Luft ab. »Weine nicht« – sagte er und strich ihr beruhigend über den Rücken. »Ich trete zum Judaismus über, wir lassen uns jüdisch trauen, und dann sind wir zusammen Juden.«

9.

Sie war gealtert, hatte keine Kraft mehr fürs Stadion und für die Busse. Sie fuhren in die Staaten. Der Mann arbeitete auf dem Bau, wusch Autos und verputzte Häuser in der Höhe. Sie ging zu einer Arbeitsvermittlung und zahlte drei Dollar ein. Verdingte sich im Privathaus einer amerikanischen Jüdin als Putzfrau. Sie hatte den ersten Stock geputzt, setzte sich auf die Treppe und bat um einen Kaffee. »Den Kaffee kriegst du, wenn du fertig bist«, bekam sie zur Antwort. Da verlor sie die Nerven. Griff nach dem Eimer. Schwappte ihrer Brotgeberin das Wischwasser ins Gesicht. Hielt einen kurzen *speech*, der mit »Paß auf, daß ich dir nicht den ganzen Kübel in die Fresse hau'« begann – und rannte in Hausschuhen auf die Straße. *»Police! Police!«* hörte sie die amerikanische Jüdin hinter sich kreischen.

Der Mann wollte nicht länger im jüdischen Viertel wohnen. Sie zogen um ins polnische Greenpoint. Er arbeitete immer weniger, trank immer mehr und sprach nicht mehr davon, zum Judaismus überzutreten.

10.

Sie kam allein zurück.

Begann Brot zu kaufen. Versteckte kiloweise Brot in Schubfächern, Schränken, in der Kredenz, im Kühlschrank…

»Haben Sie irgendwann einmal gehungert?« fragte der Arzt. »Wollen Sie mir davon erzählen?«

Warschau

Die Anwesenheit

1.

Die einstigen Bewohner hatten ein Mirabellenbäumchen hinterlassen, Glasperlen und Geister.

Die Rede ist von den Bewohnern der Häuser und Höfe zwischen Walowa-, Franciszkanska- und Nalewki-Straße, der heutigen Anders-Straße.

2.

Das Mirabellenbäumchen hatte versucht fortzugehen. Die Äste von sich gestreckt, beugte es sich nach vorn. Reisefertig, zog es die Wurzeln aus der Erde. Die neuen Bewohner faßten den Stamm mit einem Stahlring ein und befestigten ihn mit Seilen. Das Mirabellenbäumchen hielt mitten in der Bewegung inne. Die Frauen kochten Konfitüre aus seinen gelben, ein wenig herben Früchten.

3.

Die Perlen lagen, im Boden festgetreten, in der Nähe des Bäumchens. Sie waren rund, nicht sehr groß und hatten lustige grelle Farben. Die Kinder der neuen Bewohner wuschen sie in Sieben und fädelten sie auf Zwirnsfäden, Nylonschnur kannte man noch nicht. Alle

Mädchen aus der Nachbarschaft trugen Halsketten aus diesen bunten Glasperlen.

4.

Die Perlen konnte ein Lampenschirmhersteller hinterlassen haben. Vielleicht hatte er sie für die Fransen verwandt oder als Besatz...

Eine Lampenschirmwerkstatt gab es im Warschauer Firmenverzeichnis aus der Vorkriegszeit in dieser Gegend nicht.

Vielleicht hatte sie ein Hersteller von »Jettsteinerzeugnissen« hinterlassen.

So einen gab es, aber ein ganzes Ende von hier, in der Nowolipie-Straße.

Perlensticker?

Es gab zwei, nicht weit von hier, in der Walowa-Straße. Aber so viele Perlen, zum Sticken?

Karnevalsartikel?

Federn und Kunstblumen?

Kunstschmuck?

Schmuck gab es in dem Firmenverzeichnis. Nalewki-Straße vier, J. Alfus.

Auf dem alten Stadtplan mit den Hausnummern steht das Haus an der Ecke Franciszkanska-Straße und hat zwei Eingänge, auf jeder Seite einen.

Hier also. Genau.

Eine erfreuliche, ja ergreifende Entdeckung.

Wieso eigentlich?

Ergriffen zu sein von dem Umstand, daß ein gewisser J. Alfus im Hof der Franciszkanska-Straße einen Vorrat an Perlen hinterlassen hat?

Vermutlich hielt er sie für die nächste Saison bereit. Für den Karneval 1940...

Frau Alfus sagte vielleicht:

»Ich war schon immer für was Praktisches. Winterstiefel... Sauerkraut... Wer braucht deine Glasperlen im Krieg?«

»Der Krieg wird nicht ewig dauern«, tröstete der Herr Alfus dann seine Frau und sich selbst.

(Vielleicht täusche ich mich. Er wollte was Praktisches, und sie zog es zum Fröhlichen, zum Zierat. Und die Frau war es, die ihrem Mann versicherte, es sei noch nicht aller Karnevale Abend.)

Die Vornamen des Ehepaars A. kennen wir nicht, aber wir kennen die Telefonnummer:

11 17 79.

Die moderne automatische Ansage trägt uns auf, die Ziffer 8 davorzusetzen.

Es meldet sich die Firma Alu. Das hört sich an wie der abgekürzte Name der einstigen Besitzer. Mit Glasperlen hat die Firma Alu nichts zu tun. Sie verwendet Glas, aber für Fenster und Türen. Das Glas ist einbruchsicher.

Die Ergriffenheit läßt nach.

5.

Die Geister hatten sich neue Bewohner in der Anders-Straße auserkoren: ein nicht mehr ganz junges Ehepaar, sie Schneiderin, er Kaufmann. Ihr Block war nach dem Krieg auf den Trümmern des Eckhauses erbaut worden.

Die Anwesenheit von jemand Fremdem hatten sie vor ein paar Jahren zum ersten Mal gespürt.

Keine feindselige Anwesenheit. Jemand klopfte an die

Tür. Ließ in der leeren Küche einen Topfdeckel fallen. Stapfte über den Fußboden. Streichelte die Katze. Die Katze beschnupperte ihn, schnurrte, schmeichelte, um gestreichelt zu werden. Sie dachten, sie sähe ein Kind, aber sie sprang auf den Tisch, sah mit gerecktem Kopf nach oben. Jemand Großes stand bei ihr. Nein, kein Kind. Jemand, der groß war von Wuchs... Manchmal kamen ganze Scharen zu Besuch. Tumult, ein Hin und Her entstand, sie fühlten sich von einem lautlosen, stummen Getöse umgeben.

Sie glaubten, es seien Seelen aus der Verwandtschaft, die zu Besuch zu ihnen kamen. Die Seele ihres Schwagers zum Beispiel, der ein Nervenbündel gewesen war und Ukrainer.

Sie stellten sein Bild auf und zündeten eine Totenkerze an. Wenn die Flamme flackere, schwanke oder langsam verlösche, hatte man ihnen gesagt, dann bedeute das, der Schwager verarge ihnen etwas, oder er habe noch Dinge zu erledigen auf Erden.

Die Kerze brannte, ohne zu flackern. Der Schwager, der Ukrainer, also nicht, dachten sie da. Vielleicht die Mutter? Der Bruder?

Wieder stellten sie Bilder auf und zündeten Totenkerzen an. Sie beobachteten sie eine ganze Nacht. Die Flamme brannte noch ruhiger als bei dem Schwager.

Sie gingen zu einem Priester. Der wußte nicht, wessen Seelen in ihrem Haus umgingen, aber er betete, sprach etwas auf lateinisch und besprengte jeden Winkel mit Weihwasser.

Die Kasserollen lärmten wie ehedem, die Katze begrüßte unsichtbare Gäste.

Sie baten Thaddäus Judas um Hilfe, den für die völlig aussichtslosen Fälle zuständigen Heiligen.

Sie wandten sich an eine Exorzistin.

»In Ihrem Haus gibt es achtzehn Begleitseelen und fünf Hausseelen«, schrieb sie. »Nicht mehr lange, und ich versetze sie auf eine andere Daseinsebene.«

Es gelang der Exorzistin nicht, die Seelen auf eine andere Ebene zu versetzen. Sie bevorzugten die bisherige in der Anders-Straße.

6.

Die Frau kam als erste auf die Idee, es handle sich um jüdische Geister. Überall in der Gegend hatten einmal Juden gewohnt, und im Krieg war hier das Ghetto gewesen.

»Wahrscheinlich hast du recht«, sagte der Mann.

»Vater hatte auf dem Kiercelak eine Bude mit Oberbekleidung«, fügte die Frau hinzu, »er hat viele Juden persönlich gekannt.«

»Gewiß doch«, sagte der Mann. »Jidden gab es dort haufenweise.«

»Wie redest du denn!« entrüstete sich die Frau.

»Ich mein's nicht böse«, verwahrte sich der Mann, »aber die Tatsachen sind nun mal so.«

7.

Das Pech heftete sich an ihre Fersen.

Sie fuhren mit Kleidung aus dem Großhandel auf die Warschauer Basare, und plötzlich kaufte keiner mehr was.

Sie fuhren mit Cappuccino hin... Und keiner kaufte.

Sie nähten warme Kapuzen, und es kam kein Frost.

Sie nähten Damenröcke. Die Boutiquenbesitzerin hatte

eine Partie Röcke mit großen goldgelben Sonnenblumen bestellt. Die englische Königin hatte bei ihrem Besuch in Polen Sonnenblumen auf dunkelblauem Grund getragen, es war also das gängigste Muster auf allen Basaren.

»Ihr näht gut«, lobte die Boutiquenbesitzerin, »bloß, warum will eure Sachen keiner kaufen?«

Sie gaben eine Zeitungsannonce auf. Es meldete sich ein Unternehmer, der dringend Heimarbeiter suchte. Er versprach zu kommen. Er erschien nicht. Einen Monat später rief seine Frau an: »Auf dem Weg zu Ihnen hatte er einen Autounfall.«

Sie gelangten zu dem Schluß, das Pech habe mit jüdischen Geistern zu tun, und sie baten einen Rabbiner zu sich ins Haus.

8.

»Meine Großmutter ist in Baligród geboren«, hob der Rabbiner an. »Sie hat Warschau gekannt. Aus ihren Erzählungen habe ich das Wort Nalewki behalten. Das einzige polnische Wort, mit dem ich nach Warschau kam: Na-lew-ki...«

»Hier«, erwiderte das Ehepaar lebhaft und zeigte aus dem Fenster. »Zu Großmutters Zeit Nalewki-Straße. Unterm Kommunismus Nowotko-Straße. Unter der Demokratie Anders-Straße... Aber was wollen, bittesehr, die jüdischen Geister von uns? Wir wünschen ihnen doch nichts Schlechtes.«

»Es wundert mich nicht, daß ihr die jüdische Anwesenheit spürt«, sagte der Rabbiner nachdenklich. »Ich wundere mich über die, die sie nicht spüren.«

»Ihr Schicksal ist mir immer nahegegangen«, seufzte

die Frau. »Grad gestern, in der Fernsehserie, kam so ein Jude mit seiner Enkelin aus dem Ghetto und bettelte die Leute, ihn zu verstecken. Ich hab richtig weinen müssen. Dann bestellte er in der Kneipe ein Eisbein, nahm Arsen und schluckte es mit Bier herunter. Weinen hab ich müssen, etwa nicht?« wandte sie sich an ihren Mann.

»Und?« fragte der Rabbiner gespannt. »Überlebt die Enkelin?«

»Ja. Die Serie lief schon mal, da hat sie überlebt, also geht es diesmal auch gut aus.

Und was, bittesehr, wollen diese jüdischen Seelen von uns?«

»Ich weiß es nicht«, bekannte der Rabbiner. »Zu normalen Zeiten strebt die Seele in den Himmel, aber der Krieg war keine normale Zeit.«

»Hier hat es Kämpfe gegeben. Hier haben sie die Toten nicht begraben. Streben die Seelen von Menschen, die nicht begraben wurden, auch in den Himmel?«

»Ich weiß es nicht«, sagte der Rabbiner.

»Vielleicht irren die nichtbegrabenen Seelen in der Welt umher...«

»Ich weiß es nicht.«

»Was können Sie also für uns tun?«

»Beten. Nur soviel kann ich...«

Er holte sein Gebetbuch hervor und sprach auf hebräisch einen Psalm.

Den von dem Hirten, bei dem uns nichts mangelt.

Der uns weidet auf grünen Weiden und uns labt am stillen Wasser. Mit dem wir uns nicht fürchten im finstren Tal des Todes. Dessen Stab uns leitet. In dessen Haus wir wohnen werden lange Tage...

9.

Josek Braun?

Der war, wie der Vater der Frau, Händler auf dem Kiercelak gewesen. Der Vater der Frau hatte mit Kleidung gehandelt, Josek Braun mit Galanteriewaren en détail.

Er war klein und untersetzt, sagt Jasia-Jochwed, Joseks Tochter. Aber Mietek, der Bruder ihres Vaters, war groß von Wuchs. Auch er hatte vor dem Krieg einen Stand auf dem Kiercelak, im Ghetto arbeitete er bei der Beerdigungsgesellschaft.

Wenn die Katze der neuen Bewohner auf den Tisch springt, weil sie jemand Großen sieht, könnte es dieser Nachbar vom Kiercelak sein, Mietek Braun.

Dorkas Verwandte?

Sie hatte Eltern, Großeltern, Onkel, Schwager, Brüder und Cousinen – alle von hier, aus der Walowa-Straße. Und alle waren sie ziemlich groß.

»Ist das möglich, Frau Dorka?«

»Jawohl, ziemlich groß.«

Jakub, Dorkas Vater, war ziemlich groß.

Icek, der Bruder, war ziemlich groß.

Die Onkel Szlojme und Chaim, die Brüder der Mutter – ziemlich groß.

Die Männer der Tanten, der Schwestern ihrer Mutter – der von Tante Hinda und der von Tante Rajzl und der von Tante Roza und der von Tante Pesia –, allesamt ziemlich groß.

Aber der größte war Lajbl, der Mann von Fela. Und edel und schön war er dazu. Und reich dazu.

»Ist das möglich, Frau Dorka?«

»Jawohl. Edel und schön und groß und aus einer gelehrten Familie und dazu noch sehr reich.«

Fela, eine von Dorkas Schwestern, heiratete ihn während des Kriegs, und auch sie nahmen Wohnung in der Walowa-Straße. Fela war im Bunker, aber sie sagte, sie wolle nicht mehr. Sie wolle den Bunker, die Dunkelheit und die Angst nicht mehr, sagte sie und ging.

Wohin sie ging?

Wohin sind sie denn alle gegangen?

10.

Ein Foto in Sepia (noch ein letztes): die Familie am Purimfest. Die Frauen im Sabbatkleid. Dorka hat sich die wirklichen Farben, ja die Stoffe und den Schnitt gemerkt. Die Mutter: ein schwarzes Samtkleid, hochgeknöpft wie ein Mantel, golden abgepaspelt. Tante Roza: auch ein schwarzes, aber mit Stickerei. Tante Pesia: eins aus Seide, braun. Tante Mania: ein dunkelblaues mit weißem Reißverschluß... Die Frisuren hat sie sich gemerkt, diese kunstvollen, fest nach unten oder nach oben gewickelten Rollen. Nur Tante Broncia hatte keine Rolle, die trug als einzige einen Knoten. Das ernste Mädchen neben ihr ist ihre Tochter, Studentin der Rechte. Alle haben noch irgendwelche Kinder dabei, Tante Pesia den älteren Sohn, der bald Bar Mizwa haben wird, der jüngere ist nicht mit auf dem Foto.

»Wahrscheinlich ist er daheim geblieben und schläft«, vermutet Dorka.

Und diese ganze Gesellschaft – in der bescheidenen Wohnung in der heutigen Anders-Straße! Kein Wunder, daß Tumult entstand, ein Getöse und Hin und Her.

Dieselben Sabbatkleider, die nie dazu kamen, sich abzunutzen. Das Haar, eingerollt oder im Knoten, das nie ergraute. Nur die Kinder haben sich verändert. Die Söhne von Tante Pesia sind größer geworden – der ältere, der im Ghetto Bar Mizwa gehabt hat, und der jüngere, der nicht mit auf dem Foto ist, weil er daheim geblieben war und schlief. Sie haben Zeit gehabt, zu wachsen, denn es liegen drei Jahre zwischen dem Purimfest und Treblinka.

Drei Jahre liegen zwischen dem Purimfest und dem Besuch in der Anders-Straße.

Sogar Mietek Braun, der Nachbar vom Kiercelak, könnte gekommen sein, zusammen mit seinem Vater und seinem Bruder...

Und Herr und Frau Alfus wären da, sie sind ja bei sich zu Hause. Frau Alfus könnte eine Halskette umgebunden haben, aus den Perlen, die keiner im Ghetto brauchte. Aus den runden Glasperlen, rot wie Blut, wie Wein oder wie Vogelbeeren...

11.

Nur in der Erinnerung fühlen sie sich geborgen. Befreit aus den Bunkern, von der Dunkelheit und von der Angst. Sorglos sind sie. Gesprächig. Edel und groß von Wuchs. Ihr Tod ist zum Privileg geworden. So edel und groß, reich und schön wären sie nach keinem anderen Tod.

12.

Der Rabbiner stimmte das *El male rachamim* an.

»Gott, voller Erbarmen, laß unter Deinen Fittichen Ruhe finden die Seelen...«

Er hielt inne, weil nach diesen Worten die Namen der Toten genannt werden müssen.

»Ich will die Namen der Straßen nennen«, schlug er vor. »Ihr helft mir dabei.

... daß unter Deinen Fittichen Ruhe finden die Seelen der Bewohner...«

»... der Franciszkanska-Straße, der Walowa-Straße, der Nalewki-Straße«, fielen die neuen Bewohner ein, als wären sie Ministranten des Rabbiners.

Der getragene, klagende jüdische Gesang füllte die ganze Wohnung. Alle Nachbarn vernahmen ihn. Sie dachten wahrscheinlich, im Fernsehen laufe wieder etwas über die Juden. Und es war doch nur der New Yorker Enkel der Tauba Roth aus Baligród, der für die einstigen Bewohner der Franciszkanska-Straße, der Walowa-Straße und der Nalewki-Straße betete.

Warschau

Yoris' Gegenmittel

1.

Wir fuhren durch ein herbstliches Fischerstädtchen auf Cape Cod, Dorschkap. Zu einer Seite hatten wir den Atlantik, zur anderen die Bucht von Boston. Vom Ozean her wehte ein fauchender, garstiger Wind. Längs der Bucht lagen Kutter mit klangvollen Frauennamen vertäut – »Jennifer«, »Holly«, »Sara Lynn«. Auf den Kuttern rasteten erschöpfte Albatrosse.

Wir fuhren zum Begräbnis.

»Entschuldigt die Verspätung«, sagte Amelia, die uns im Wagen mitnahm. »Ich war noch Yoris holen.«

»Wo ist Yoris?« fragte ich.

»Hier.«

Auf ihren mächtigen Schenkeln lag eine rechteckige Schachtel, wohl einmal ein Schuhkarton. Sie war mit glänzendem braunen Papier beklebt.

»Wie hat er ausgesehen?« fragte ich.

»Groß, schlank. Edles Gesicht, kluge Augen... Der Stiefsohn des jüngsten Sohns von Präsident Roosevelt...«

Der Wagen bremste. Ich fürchtete, gleich werde Yoris von den Schenkeln rutschen und über den Boden verstreut werden. Ich hielt mit der Hand die Schachtel fest. Es war kein Papier, sondern glattes kaltes Plastik.

2.

Man hatte die Asche auf den Tisch gestellt und Kerzen angezündet.

In dem kleinen Klubraum saßen die Leute im Halbkreis, auf Klappstühlen. Schweigend sahen sie zu den Kerzen und zu der Schachtel.

Ein Mann bat sie, sich zu erheben, einander bei den Händen zu fassen und an Yoris zu denken. Sie könnten auch beten, wenn ihnen so zumute sei.

Sie setzten sich wieder, und der Mann fragte, woran sie eben gedacht hätten.

»An die Dunkelheit«, sagte eine von den Frauen. »Sie hatten mir den Strom gesperrt. Ich rief an: ›Yoris, es ist dunkel, ich hab keine Kerzen, der Fernseher geht nicht, unterhalt dich ein bißchen mit mir.‹ Wir redeten fast drei Stunden...«

»An ein Lied«, sagte einer von den Männern. »Ich hatte es für seine Mutter geschrieben, aber dabei an ihn gedacht... Ich seh dein Gesicht, blumenumkränzt...«, fing er an zu singen, brach in Tränen aus und verstummte.

»Er schwärmte für Tomaten«, unterbrach jemand die Stille, die nach dem Lied eingetreten war. »Nicht die künstlichen, aus dem Treibhaus. Makellosigkeit aus dem Gewächshaus, die brachte ihn auf. ›Nicht die Spur von Fäulnis‹, sagte er, ›wie entsetzlich. Perfekte Beständigkeit, wo das Wesen der Natur Veränderung ist...‹ Im Sommer zeigte er mir manchmal die geplatzte Schale an einer Gartenfrucht. ›Siehst du?‹ sagte er. ›Hier demonstriert die Tomate der Welt ihre ganze reife Tomatigkeit.‹«

»Ich hatte mich scheiden lassen, alles war grauenhaft, ich ging zu Yoris: ›Weißt du nicht ein Mittel gegen den

Trübsinn?‹ Er legte eine alte Platte mit einem Langsamen Walzer auf und verbeugte sich... Wir begannen zu tanzen. Keine Trostsprüche, keine Worte, nur Tanz auf Tanz.«

»Er hatte eine eigene Art, Weintrauben zu essen. Er sog ihren Duft ein... Zerbiß sehr langsam jede einzelne Beere... Schloß die Augen... Schwelgte... ›Wundervoll‹, murmelte er, ›wie wundervoll...‹ Ob er die Welt auch vor der Krankheit so gründlich, so mit Bedacht genossen hat?«

(Yoris war aidskrank gewesen und daran gestorben.

Er war der neununddreißigste Mensch in dem Städtchen, der in jenem Jahr an Aids gestorben war.

In der Nachbarschaft verständnisvoller Fischer hatten sich Homosexuelle – Dichter, Schauspieler und Maler – niedergelassen. Sie waren mit dem Virus infiziert oder fürchteten, sich zu infizieren. Die Angst vor der Krankheit und dem Tod gehörte zu ihrem täglichen Leben wie das Malen, das Schreiben und der Ozean.)

»Ich fragte ihn: ›Weißt du nicht ein Mittel gegen die Angst?‹ Er sagte: ›Ich male mir Farben aus. Bei den ganz einfachen fange ich an: die Kamille. Weiß und ein wenig Gelb. Schon etwas schwieriger: der Himmel. Hellblau, Taubenblau, Silbergrau, Bleigrau, Nachtschwarz... Noch schwieriger: das Blut. Am schwierigsten ist die Erde. Aber bevor ich bei ihr ankomme, bin ich so müde, daß ich mich nicht mehr fürchte.‹«

3.

Die Freunde brachten Yoris an den Atlantik. Sie zogen die Schuhe aus und traten in den nassen Sand. Als eine hohe Woge heranrollte, öffneten sie die Schachtel. Eine Weile starrten sie gebannt, doch der Wind und die Brandung entrissen ihnen die Asche und trugen sie mit sich fort, und sie hatten nichts gesehen.

4.

Wir gingen den leeren Strand zurück. Amelia erzählte von den Passagieren der »Mayflower«. Hier irgendwo waren sie an Land gegangen. Die ersten englischen Siedler in Nordamerika. Dreihundertachtzig Jahre war das her. Die Pilgerväter hatte man sie genannt.

Dann erzählte sie von ihrer Urgroßmutter in Grajewo. Jeden Freitag kochte sie Fisch und buk eine Challa. Sie legte ihr Kleid an, immer dasselbe, das sie mit der Aussteuer bekommen hatte. Sie setzte die Roßhaarperücke auf. Der Sabbat begann...

Dann zeigte sie uns die Quelle, aus der die Pilgerväter der »Mayflower« Trinkwasser geschöpft hatten. Den Wald, der dort wächst wie je. Die Dünen, die da sind, weil sie immer da waren.

Sie hatte einen großen, nachgiebigen Körper, überquellend wie der Teig im Backtrog von Grajewo, und eine melancholische Geliebte. Außerdem schrieb sie eine sparsame amerikanische Prosa.

5.

Wenn ich Yoris etwas früher gekannt hätte, hätte ich gesagt: Hör zu, Yoris. Den Wald gibt es. Die Quelle gibt es. Die Welt gibt es. Nur den Sabbat in Grajewo gibt es nicht mehr. Weißt du nicht ein Mittel dagegen?

Cape Cod, Massachusetts

Der Zufall

1.

»Angeblich suchen Sie wichtige Geschichten. Stimmt das, oder ist das eine Ente?« fragte mich ein Filmregisseur, ein Schulkamerad von Krzysztof Kieslowski.

»Es stimmt.«

Wir unterhielten uns im Kino »Muranów«, an einem Abend zu Kieslowskis erstem Todestag.

»Ich weiß eine wichtige Geschichte. Die meiner Tante Janka, der Schwester meines Vaters. Sie war in Bolek verliebt, einen Juden, ihren Kommilitonen. Sie wollte ihn aus dem Ghetto holen und bei uns verstecken, aber Großmutter Waleria, ihre Mutter, erlaubte es nicht. Sie hatte erwachsene Kinder und Enkel und wollte deren Leben nicht aufs Spiel setzen für einen einzigen Menschen.«

»Klar…« Ich nickte verständnisvoll.

»Tante Janka hörte auf die Großmutter – und wissen Sie was? Sie kam auch ums Leben, im Aufstand. Und die anderen Kinder von Großmutter Waleria kamen um oder starben, eins nach dem andern. Sie überlebte sie alle… Zur Strafe? Was glauben Sie?«

»Nicht doch!« erwiderte ich empört. »Durch Zufall.«

»Weil Großmutter immer gesagt hat, das sei die Strafe… Gott habe sie…«

»Am besten, Sie fragen ihn. Er weiß jetzt Bescheid über solche Dinge...«

Wir sahen beide zu dem großen, lebensgroßen Foto von Kieslowski hin, das im Foyer des Kinos aufgestellt war. Ein älterer, grauhaariger Herr in Brille schaute auf uns herab. Kurz vor dem Tod war er gealtert und grau geworden, und so blickten wir nun mit einer gewissen Verwunderung in dieses sein neues, müdes Gesicht.

2.

Janka hatte als alte Jungfer gegolten, als starrköpfig und verschlossen. Sie war dreißig, hatte schmale, verkniffene Lippen, ansehnliche Beine und keinen einzigen Bewerber. Den gutaussehenden, dunkelhaarigen Bolek lernte sie im letzten Studienjahr kennen. Er war von irgendwoher nach Warschau gezogen, wohl aus Lemberg. Sie besuchte ihn im Ghetto. Als Großmutter Waleria sagte: »Er würde uns alle in Gefahr bringen...«, verließ sie wortlos das Haus. Ein paar Tage danach befahl Großmutter Waleria ihrem Sohn: »Geh sie suchen. Bring sie sofort her!« Stefan, der Sohn, fuhr ins Ghetto, machte Janka ausfindig und verlangte, daß sie zurückkomme. »Geh zurück«, pflichtete ihm Jankas Verlobter bei. »Ich versuche zu überleben. Sobald der Krieg aus ist, heiraten wir...« Und er steckte ihr einen Verlobungsring mit einem schönen funkelnden Brillanten an den Finger.

3.

Tadeusz, der älteste Sohn von Großmutter Waleria, der Vater des künftigen Regisseurs, war an Tuberkulose gestorben. Er hatte 1920 als Freiwilliger im Krieg gegen die Bolschewiken gekämpft und war in Gefangenschaft geraten. Auf der Flucht hatte er stundenlang im kalten Moor gestanden und danach lange mit einer Lungenentzündung zu tun gehabt. Eine Tuberkulose war die Folge. Sie besaßen eine geräumige Villa bei Warschau, und der Vater war im oberen Stockwerk einen langsamen Tod gestorben, diskret, ohne jemandem zur Last zu fallen. Er hustete nicht, er röchelte nicht, eines Nachts hatte er aufgehört zu atmen. Sie merkten es erst nach Stunden. Er lag da, die geöffneten Augen auf den Baum vorm Fenster gerichtet.

Nach Tadeusz war Tante Janka umgekommen. Sie war Sanitäterin im Warschauer Aufstand, ihr Krankenhaus wurde von einer Bombe getroffen. Auch diesmal fand sie Stefan, der Bruder. Die verstümmelte Leiche hatte er an dem Brillantring erkannt.

Nach Janka kam Onkel Stefan ums Leben. Er rannte unter Beschuß durch die Straßen von Powisle, und die Tür eines brennenden Hauses erschlug ihn.

Nach Stefan ging Tante Jadwinia. Eine schöne hellblonde Frau, die auf der Zwei-Zloty-Münze aus der Vorkriegszeit verewigt war. Der Künstler hatte sie im Profil abgebildet, mit einem Kranz reifer Ähren auf dem Kopf. Sie erlag gleich nach dem Krieg einem Schlaganfall.

Nach Jadwinia starb Tante Helena. Mit achtundzwanzig war sie Witwe geworden. Sie zog ein schwarzes Kleid an und versuchte, sich umzubringen. Die Pistole versagte, die Flower zerfetzte ihr einen Lungenflügel. Sie genas, aber sie heiratete nie wieder. Bei ihr platzte eine Erweiterung an der Halsschlagader, und sie erstickte an ihrem Blut.

Zuletzt starb einer der beiden Enkel von Großmutter Waleria. Er hatte ein Wirbelsäulenleiden gehabt. Ein Körperteil nach dem anderen versagte ihm den Dienst, bis nur noch das Gehirn übrig war. Das arbeitete tadellos bis zum Schluß.

4.

Großmutter Waleria rückte das Sofa ans Fenster, stützte die Ellbogen aufs Fensterbrett, und so verharrte sie. Sie sah auf die Straße. Hielt Ausschau nach ihren Kindern. Sie verwechselte die Zeiten, verwechselte die Tode. Zu Jadwinia sagte sie, auf dem Zwei-Zloty-Stück seien gar keine Haare unter dem Kranz zu erkennen, dabei habe sie doch schöne lange Zöpfe. Helena bat sie, endlich das Witwenkleid auszuziehen. Janka schickte sie ins Ghetto, damit sie ihren Bräutigam hole... »Na, geh schon«, trieb sie sie an. »Gott kann uns strafen, wenn du nicht gehst...«

Von der ganzen Familie war ihr nur der eine Enkel geblieben, der künftige Filmregisseur. Die Großmutter sorgte für ihn. Sie überwachte seine Hausaufgaben. Kochte ihm Suppe, meist Graupensuppe. Stellte den Topf auf den Herd, kehrte ans Fenster und zu ihren Gesprächen mit den Kindern zurück, meist war die Graupensuppe angebrannt.

Sie sagte: »Ob Janka es geschafft hat, ihn herauszuholen? Gleich ist Polizeistunde...« Und der Enkel antwortete: »Sie hat es geschafft, Großmutter, und es ist noch hell...«

Ein paarmal war er nahe daran, zu sagen: »Steh auf, rück das Sofa weg, sie kommen nicht zurück...«, aber er wollte ihr nicht wehtun.

Die Bäume im Garten erfroren.

Onufry, der Gärtner aus Vorkriegstagen, verlor den Verstand.

Das Dach im Gärtnerhäuschen stürzte ein, und die Schwalben flogen weg, die unterm Dach genistet hatten.

Das Grundstück der Großmutter wurde verkauft, ein Kinderkrankenhaus sollte drauf gebaut werden, und die Villa wurde abgerissen.

5.

»Und nun?« endete der Regisseur.

»Und nichts. Einen Film sollte man machen, das ist alles.«

»Worüber?«

»Über Großmutter Waleria, über die Onkel, die Tanten, den gutaussehenden Verlobten, den Gärtner Onufry, die erfrorenen Bäume, die Schwalben und den Enkelsohn.«

»Das heißt – einen Film worüber?«

»Über Großmutter Waleria, die Onkel, die Bäume...«

»Aber worüber?! Über Strafe? Zufall? Über Gott?«

»Ich weiß es nicht. Ihr Schulkamerad pflegte oft zu sagen: nicht wissen ist mein Beruf.«

Warschau

Erläuterungen im Text nicht näher erklärter Begriffe

AK – Armia Krajowa (Heimatarmee): nationale Untergrundarmee, die der polnischen Exilregierung in London unterstand.

AL – Armia Ludowa (Volksarmee): Untergrundarmee unter kommunistischer Führung.

Arische Seite – der nach Errichtung des Warschauer Ghettos im Oktober 1940 »judenfreie« Teil Warschaus.

Bar Mizwa – Bezeichnung der Zeremonie, mit der ein Knabe mit Vollendung des 13. Lebensjahr in die jüdische Glaubensgemeinde aufgenommen wird.

Blaue Polizei – die polnische Polizei trug dunkelblaue Uniformen.

Challa – Feiertags-Brotsorte aus weißem Mehl.

Chanukka – Lichterfest. Achttägiges jüdisches Tempelfest im Dezember zur Erinnerung an die Wiedereinweihung des Tempels in Jerusalem (165 v. Chr.).

Chassidismus – volkstümliche religiös-mystische Erneuerungsbewegung im osteuropäischen Judentum. Entstand Mitte des 18. Jahrhunderts.

Cheder – traditionelle Grundschule der osteuropäischen Juden für Knaben vom 4. Lebensjahr an.

Hetman – der vom König eingesetzte Oberbefehlshaber im Königreich Polen (1581-1792).

Jom Kippur – Versöhnungstag am zehnten Tag des ersten Monats des jüdischen Kalenders. Dient der Versöhnung der Menschen mit Gott und der Menschen untereinander. Höchster jüdischer Feiertag, an dem Fasten und Beten Pflicht ist.

Kabbala – Sammlung mystischer Texte des Judentums.

Kaddisch – Jüdisches Totengebet, das stehend und in Anwesenheit von mindestens zehn Männern gesprochen wird.

Kriegszustand – am 13. Dezember 1981 war in Polen das Kriegsrecht ausgerufen worden, was das Verbot der Gewerkschaft »Solidarnosc« sowie die Verhaftung zahlreicher Oppositioneller zur Folge hatte. Im Juni 1983 wurde das Kriegsrecht aufgehoben.

März 1968 – im Frühjahr 1968 war es, im Zusammenhang mit Machtkämpfen innerhalb der kommunistischen Partei, zu einer antisemitischen (offiziell: antizionistischen) Hetzkampagne gekommen, in deren Verlauf Tausende Juden ihre Arbeitsplätze verloren und das Land verlassen mußten.

Minjan – eine Gemeinde zum gemeinsamen Gebet muß mindestens aus einer Gruppe von zehn Männern bestehen, die Minjan genannt wird.

Novemberaufstand – Aufstand des polnischen Offizierstabs gegen die russische Besatzung im November 1830, der blutig niedergeschlagen wurde.

Pessach – Fest zur Erinnerung an den Auszug der Kinder Israels aus Ägypten.

Pewex – unter staatlicher Lizenz betriebene Läden, in denen alle Produkte nur in »harter« Westwährung erworben werden konnten.

Purim – Freudenfest zur Erinnerung an die im biblischen Buch Esther beschriebene Errettung der persischen Juden.

Schmalzownik (von »Schmalzer«) – Pole, der Juden auf der »arischen Seite« aufspürte und damit erpreßte, sie an die Deutschen zu denunzieren.

Sechs-Tage-Krieg – vom 5. bis zum 10. Juni 1967 geführter Präventivschlag Israels gegen Ägypten, Syrien und Jordanien.

Talmud – umfassendes nachbiblisches Sammelwerk des Judentums. Dient als Fundament jüdischer Erziehung und Bildung.

Tora – die auf einer Pergamentrolle aufgezeichneten fünf Bücher Moses.

Umschlagplatz – Gelände zwischen dem jüdischen und dem arischen Stadtteil im Warschauer Ghetto. Vom dort gelegenen Güterbahnhof wurden ab 1942 Juden aus dem Ghetto nach Treblinka und in andere Vernichtungslager deportiert.

Zaddik – im Judentum ursprünglich der vollendete Fromme, später im Chassidismus wundertätige Führer.

ZOMO – *Zmotoryzowane Odwody Milicji Obywatelskiej:* 1956 ins Leben gerufene »Motorisierte Einsatzeinheiten der Bürgermiliz« zur Bekämpfung von Störungen der öffentlichen Ordnung. In den 80er Jahren wurden sie massiert gegen die großen Streiks zur Zeit von Solidarnosc eingesetzt. Wurden 1989 aufgelöst.

Hanna Krall
EXISTENZBEWEISE

Aus dem Polnischen
von Esther Kinsky
ISBN 3-8015-0288-0

»Die betäubenden Zahlen von den Greueltaten und der Vernichtung«, hat Hanna Krall einmal in einem Interview gesagt, »tragen mehr zur Gleichgültigkeit als zur Erinnerung bei. Niemand kann sich bei dem Wort eine Million etwas anderes als Zahlen vorstellen. Damit wird eine Art statistischer Seelenzustand erzielt, die Empfindsamkeit abgestumpft. Dabei wissen wir, daß jeder Mensch allein stirbt und nur einmal.« Aus dieser Sichtweise heraus hat die polnische Autorin ihre für sie so charakteristische Schreibweise entwickelt.

Den Protagonisten der Erzählungen ist die Suche nach ihrer Identität gemein: sie entdecken nach Jahren, daß sie Juden sind; sie geben vor, jüdisch zu sein und sind es nicht; sie glauben sich jüdisch, können es aber nicht belegen. Die Wahrheit in sich tragend, ohne sie zu kennen, suchen sie, ihre Existenz zu beweisen.

»In ihrer meisterhaften Collagetechnik, die Zeiten und Schicksale miteinander verknüpft, hat Hanna Krall ein aufwühlendes Werk voll Güte und Wahrhaftigkeit verfaßt, das sich dort, wo beides nicht in eins fallen kann, stets für die schmerzende Wahrhaftigkeit entscheidet.«

Karl-Markus Gauß, FAZ

Verlag Neue Kritik • Kettenhofweg 53 • 60325 Frankfurt

Hanna Krall

DEM HERRGOTT ZUVORKOMMEN

Aus dem Polnischen
von Hubert Schumann
ISBN 3-8015-0252-X

In einer meisterhaften literarischen Montage konfrontiert die polnische Schriftstellerin Hanna Krall den stellvertretenden Kommandanten des Warschauer Ghettoaufstandes von 1943, Marek Edelman, mit dem heutigen Herzchirurgen.

Lakonische, präzise Details, mit denen Hanna Krall ohne jede Feierlichkeit in das Geschehen einführt, der neugierige Blick, den sie selbst mitten im Grauen nicht verliert – all das ist charakteristisch für ihren Stil, mit dem sie den Leser zu packen versteht, noch bevor dieser ganz begriffen hat, wo er sich befindet.

Hanna Krall vermag der bodenlosen Trauer (literarisch) standzuhalten, die durch das Leben in einem Land, das zum Friedhof des europäischen Judentums geworden ist, in besonderer Weise wachgehalten wird. Das Buch erregte in Polen großes Aufsehen und wurde in vierzehn Sprachen übersetzt.

»Es ist ein Buch vom Tod und Sterben und dennoch ein Bekenntnis zum Leben, zur Menschlichkeit. Hanna Krall beweist, wie es möglich ist, dem Unsagbaren Sprache zu geben. Dieses Buch [...] ersetzt Bibliotheken zum Thema.«

Martha Höhl, ekz-Informationsdienst